倉本聰

kuramoto sou

破れ星、燃えた

幻冬舎

破れ星、燃えた

目次

装幀　水戸部 功

第一章

慢心の季節

会社を辞めて独立するということは、何と心細い行為であることか。何しろその日から健康保険、厚生年金、一切の保証がなくなるということであり、妻、母、妹弟の暮らしが全て僕一人にかかって来るということである。病気になったらどうするのか。怪我《けが》で入院でもしてしまったら一家はいったいどうなるのか。

そのことを考えたら、恐怖でその晩は殆ど眠れなかった。

翌朝四時半にはベッドを抜け出し机に向かってペンを動かし始めた。

何しろかけ出しの青二才が怖れも知らず独立宣言をしてしまったのである。いきなりうまく行くなんてことはどう考えても見込みがなかった。とにかく当分は周囲に媚びへつらい、何がなんでも売れねばならなかった。とりあえずその為の標語を書いて机の前の壁に貼りつけた。

速く！　安く！　うまく！

何だかどこかの外食チェーン店の標語のような気がしたが、それ以外自分の武器はなかった。その三つだけが、心細い僕の哀れな武器だった。

倖いターキーこと水《みず》の江《え》瀧子《たきこ》さんが、アッチ（私）にまかせなと胸を叩いてくれ、早速日活とのライター契約をとりつけてくれた。

ターキーさんはそのころ男装の麗人というかつて一世を風靡したスターの座から脱皮し、日活映画のプロデューサーとして、石原裕次郎《いしはらゆうじろう》を発掘し、日活の中で新風を巻き起こしていた。

ターキーさんは何とも男前な気性のさっぱりした女傑だった。僕が日本テレビで書いた「現代っ子」を映画化したいということから知り合ったのだが、たちまち母のように姉のように日活の中で引き廻してくれた。

「現代っ子」が終わると早速ミッキー安川《やすかわ》という不思議な男を紹介され、スチールマンからライターに転向しかけていた斎藤耕一《さいとうこういち》とコンビを組んで「月曜日のユカ」という作品にとりかかった。横浜の、ユカという不思議な娼婦の話だったが、「現代っ子」を撮った監督中平康《なかはらこう》も加わってストーリー作りに熱中した。

その頃ターキーさんの家は石原裕次郎邸の庭の一画にあり、僕らが仕事をしていると風呂上がりの裕ちゃんがフラリと現われ、勝手に冷蔵庫からビールを出して三本四本と水のように空けるのである。

これが、その後死ぬまでの付き合いになる裕ちゃんとの最初の出逢いだった。

裕ちゃんの生まれは昭和九年の十二月二十八日。僕はその三日後の同年大晦日の生まれである。三日しかちがわないのに、口惜しいことに足の長さは二十センチあまりちがっていた。そのことは内心僕にとって——。この話は止めよう。

日活は当時最盛期を迎えていた。

裕次郎、小林旭《こばやしあきら》、宍戸錠《ししどじょう》、二谷英明《にたにひであき》、葉山良二《はやまりょうじ》、赤木圭一郎《あかぎけいいちろう》、そこへ新人として渡哲也《わたりてつや》。女優では浅丘《あさおか》ルリ子、芦川《あしかわ》いづみ、吉永小百合《よしながさゆり》、北原三枝《きたはらみえ》、松原智恵子《まつばらちえこ》、和泉雅子《いずみまさこ》、白木万理《しらきまり》、梶芽衣子《かじめいこ》エトセトラ。

綺羅星の如く輝く彼らの存在は僕ら脚本家にとっては雲の上のもので、近づくことも畏れ多く、まして口をきくなどもっての外だった。芦川いづみさんの紫色のカルマンギアが駐車場に停っているのを見ると意味なくドキドキと胸ときめかし、トイレで偶然渡と逢うと、その背の高さに圧倒された。

渡はその頃青山学院大学の空手部からスカウトされて入ってきたばかりだったが、態度がでかいと大部屋の役者たちに目をつけられ、ある日呼び出されて十数人から袋叩きにあったらしい。渡は殴られるままに全く抵抗せずボコボコにされたという。ところがその翌日、青学空手部の仲間を連れて大部屋の前に突如現われ、「昨日可愛《かわい》がって下すった方々、あらためてバッチリ勝負しましょう。表に出て下さい」と静かな啖呵を切ったところ、しんとして誰一人出なかったという。それで一躍名をあげた。

だがそんな華やかな世界とはちがい、僕ら脚本家は企画部の中からそれぞれ担当の企画書を割り当てられ、その人と組んで以後シナリオ完成を目指すことになる。

企画部には二人の増田さんがいて、背の高いのが大増《だいます》さん、発声にややクセのあるのがドモ増《ます》さん。そのドモ増さんと僕は組まされた。

ドモ増さんは何とも人柄の良い善人ですぐに十年の知己の如くになり、映画界というこの特殊社会のしきたりを手とり足とり教育してくれた。

映画の世界には〝書き宿〟というシナリオライターの為のカンヅメ宿がある。

松竹ならば神楽坂の〝和可菜《わかな》〟、日活は渋谷松濤の〝芙蓉荘《ふようそう》〟、そんな具合に決まっている。

その宿にこもって約一カ月。永いものだと三カ月、半年とその部屋にこもって一本のシナリオを完成させるのである。「月曜日のユカ」を書く為に僕は芙蓉荘にまずつっこまれた。

芙蓉荘は半分つれこみ宿である。

書き宿であると同時に温泉マークである。

どっちが本業か判らないが、表には堂々と逆さクラゲの看板が立っている。我々ライターは内玄関からその家にソッとすべりこまねばならない。

その一階のはじっこの、二間続きのこたつのある和室が僕の神聖な仕事部屋になった。最初の日はまず、ターキーさん、中平監督、斎藤耕一、そしてドモ増さんと打ち合わせ。よろしく頼んだよとターキーさんに云われ、みんなが引揚げると一人になった。

その晩いきなり小さな事件が起きた。

隣の部屋で誰かの怒鳴り声。からかうような含み笑い。それを仲裁する別の声。と思ったらいきなり凄まじい衝撃音。ドタンバタンの大騒ぎになった。

しばらく黙って聞いていたが、何となく只事でなく面白そうなので、ソッと部屋からすべり出た。

部屋のすぐ前に二階へ上がる大階段。その階段の中程の踊り場に浴衣に半纏の一人の男が坐りこみ、ニヤニヤ修羅場の部屋を見ている。その人が僕を手招きしたので足を忍ばせて隣に坐った。男は嬉しそうに僕に囁いた。

「今あの部屋にはね、ターキーさんの〝狼の王子〟って仕事で田村孟《たむらつとむ》と企画のMが入ってるの。田村孟知ってる?」

「ハイ、お名前だけは」

「田村孟さんは松竹の大島渚《おおしまなぎさ》の一派で、かなりうるさい理論派の人。そこへ監督の舛田《ますだ》利雄《としお》が来てシナリオのことで揉めちゃったらしい。舛《ま》っサンは草相撲の横綱はった人で極めて単細胞。合うわけがないの。それを孟さんがからかい始めて、風邪で出てくる青っ洟《ばな》を拭いては、舛っサンの背広にイェェイェェってなすりつける。それで舛っサン遂に切れちゃって孟さんのえりつかんでこたつからひっぱり出したらそれが怪力で孟さんの体がこたつを飛び越えて鴨居にぶつかって伸びちゃった。企画のMちゃんが間に入って今——。ところで失礼だけどあなたは誰方《どなた》?」

「ア、ボク、クラモトソウと云います」

「あっ! あなたがクラモトさん! ボク山田信夫《のぶお》」

「エ!?」

びっくりした。山田信夫といえば「憎いあンちくしょう」を書いた巨匠である。

再び件《くだん》の部屋でドタンバタンが始まった。

なんだかワクワクと嬉しくなった。

信《のぶ》サン、先輩山田信夫は、それから階段の踊り場に腰を落ち着け、様々なことを講議してくれた。

現在この芙蓉荘には僕らを含め四組のプロジェクトが入っていること。中でも奥の一番大きな部屋には、イマヘイこと今村昌平御大がもう二月《ふたつき》以上居坐って「にっぽん昆虫記」という大作にかかっていること。

イマヘイさんの部屋はつれこみ部屋に隣接しており、その部屋の押し入れのすぐ向こうはアベックがイイことをなさる部屋で、イマヘイさんはその押し入れの奥にドリルで穴を開け、アベックが入るとその押し入れの中に坐って、その穴からじっくり人間観察をなさること。故にその押し入れは〝イマヘイ先生のぞきの間〟と云って、殿山泰司《とのやまたいじ》、小沢昭一《おざわしょういち》らがゲストとして時折出入りされるらしいこと。

益々ワクワクと嬉しくなった。

「月曜日のユカ」を二週間程で書き上げ、直しを終わってホッとしているとターキーさんとドモ増に呼ばれた。これから本読みっていう大仕事がある。重役たちの居並ぶ中でシナリオを全部読んできかせる。あんた、お読み。

エ⁉　僕が読むんですか⁉

そうだよ。これ、書いたライターのやらなくちゃいけない義務。おやり。

そういうものかと蒼くなったが、義務と云われたら仕様がない。江守清樹郎《えもりせいじゅろう》以下ズラリ重役の居並ぶ前で、汗びっしょりで台本を読んだ。何とか通ったが、江守さんに一つ云われた。

うちのシナリオでは禁じていることが二つある。回想形式とナレーションだ。これはライターとして卑怯な手法だ。これは絶対に使ってはならない。ホォ！　と思ったが可愛くうなずいた。とにかく会社には逆らってはいけない。自分はまだあくまで修業中の身なのだ。お上《かみ》の云うことには全部従おう。

ユカを演じる加賀《かが》まりこ嬢に紹介された。

猫のような目で人をじっと見る小悪魔的な美少女だった。まりこさんとは以後延々とつき合うことになる。

何とか「月曜日のユカ」のシナリオは通った。するとターキーさんに又呼ばれた。

今度日活では青春歌謡路線というものをスタートさせる。舟木《ふなき》一夫《かずお》、西郷輝彦《さいごうてるひこ》、橋幸夫《はしゆきお》らのヒット曲を軸に、彼らを主役に据えた映画を作る。あんた書くのが速いから、お書き。

速い、安い、うまい、というセールスポイントがうまく行ったようだ。ハイと答えた。

それからの僕は日活歌謡路線の専門となる。「学園広場」（一九六三）、「北国の街」

（六五）、「涙くんさよなら」（同）、「星のフラメンコ」（同）。

だからといってメインのテレビを決しておろそかにしてたわけじゃない。

「ぼうや」（日テレ）、「あたって砕けろ」（フジ）、「天真らんまん」（日テレ）等という

いずれも連続物の書き手の一人として絶えずテレビとは関わって来た。休む間もなくよ

く書き続けた。

右手の中指にペンダコが盛り上がり、腱鞘炎で腕が痛んだ。

その頃親友中島貞夫《なかじまさだお》は、京都太秦《うずまさ》の東映京都撮影所で助監督の道をしこしこ歩んでい

たが、ある日突然電話が入った。

「お前、オレの御恩を忘れちゃいまいな」

「忘れてない勿論」

彼のおかげで東大を卒業できた。彼にカンニングさせてもらったおかげで卒業証書を

手にすることができた。

「今度一本撮れることになった」

「いよいよ監督か」

「そうなんだ」

「おめでとう！」

「ついてはお前体を空けろ。すぐ京都に来い！　一カ月ほど京都に住んで俺と一緒にホンを書いてくれ！」

「判った」

これは何としても大学時代の恩返しをせねばならなかった。

「何を書くんだ」

「原作が決まってる。それが――」

一寸恥《ちょつと》かし気に声のトーンが落ちた。

「山田風太郎《ふうたろう》の〝くノ一〟っていうシリーズだ。ポルノだ。早くいやぁ時代劇ポルノだ。くノ一ってのは女って字を分解したもンだ。大坂城の陥落をめぐって、徳川側の忍者に対し豊臣側の女忍者群がセックスを武器に戦うっていう奇想天外荒唐無稽な話だ。最初から最後まで〝やりまくる〟話だ。大学の美学の竹内教授に知れたら腰を抜かすような破廉恥な話だ。やれるか」

「やる。仕方ない。御恩に報いる時だ」

それで三日後には京都に飛んでいた。

新幹線の中で原作を読んだら、あまりの中身に顔が赤くなった。ポルノと云ったたって度が過ぎている。

信濃忍法筒涸らし、とか忍法鞘おとことか。こんなもの映画にしちゃって良いのか。大体こんな役引き受ける女優がいるのか。

東映の指定した京都の書き宿は高瀬川沿いの木屋町蛸薬師、「花柳」という何となく小粋な宿だった。そこに中島貞夫とこもった。

当時の東映京都撮影所の所長が、岡田茂《おかだしげる》という東大出の大人物。背が高く、声がでかく、圧倒的な迫力で、かの山口組からウチに来んかと誘いのかかったというやくざそのものの押し出しの方だった。この大人物にお目見得早々バシバシ脱がしてくれ！　バンバンヤラせい！　女優はなンぼでもおるさかいな、遠慮することあらへんで！　といきなり豪快にハッパをかけられた。

で。こっちももうヤケクソな気分になった。何しろ原作に出てくる忍法が〝忍法幻菩薩〟とか〝忍法月ノ輪〟とか〝天女貝〟とか〝やどかり〟とか、〝忍法百夜《ももよ》ぐるま〟とか〝吸壺《すいつぼ》の術〟とかよくまァ次々に編み出したもんだと感嘆する程次から次に秘術が出てくる。

日活の清純さをふとなつかしく思い出した。

三週間程で何とか一応原稿はあげたがさてここ東映にも日活と同じく、本読みという怖ろしい儀式があった。

何しろ物凄いホンである。

「くノ一と敵方の男忍者、布団の上で凄まじく交合する。獣のような動き。咆哮《ほうこう》。男忍者。全身の精を抜きとられてシュルシュルと枯木のように痩せて行き、果てる。くノ一、男忍者の体から離れて腰巻をあげながらニタリと一言。『信濃忍法筒涸らし——』」

——こんな台本を岡田さんの前で大真面目に朗読しなければならない。

「絶対イヤだ！　人前でこんなホンとても読めない！」

「だってお前ライターだろ！」

「お前だって共作者だ。お前読め！」

「恥ずかしい！」

「俺だって恥ずかしい！　お前読め！」

「お前読め！」

結局ジャンケンで僕が勝ち中島が読むという破目になった。

この、世にも恥ずかしい世紀の本読み。しかし岡田茂の読解力に目を見張った。

「中々よう出来とる。だが理屈っぽい！　十八頁と四十六頁と九十七頁。理屈はいらんからもっと派手に脱がせい!!　三十八頁はヤラセ方が足らん！　もっと照れずにズボズボやらすンじゃ!!」

メモも何もとらず正確に指摘する。

岡田茂はスゴイ！　と尊敬した。

「くノ一」はおどろいたことに大ヒットした！

劇場《こや》の後ろからソッとのぞくと、場内は最初から爆笑の嵐だった。

セックスがこれ程笑いにつながるとは！「くノ一忍法」は大当たりして中島貞夫は面目をほどこした。直ちに第二弾「くノ一化粧」にかからされた。脚本料が一躍アップした。


一九六四年から六六年にかけて。

僕のシナリオ修業の刻《とき》が最も充実した季節だったかもしれない。どんな注文にも応じて引き受ける。その方針に徹底して書いた。

飲みにも行かなければ遊びにも出なかった。ひたすら机に向かいペンを動かした。

書くことが愉しくて仕方なかった。

速く、安く、うまく。

営業方針を書いた机の前の貼り紙の横に新しくもう一つの紙が貼られた。

「人間を！」「やんちゃに！」「ボルテージ！」

書いているうちに段々判ってきた。

ドラマは筋を考えることじゃない。人を書くことだ。人を考え書いて行けば筋というものは自然に生まれる。

シナリオを書く愉しみを少しずつ摑んで来ているような気がした。

六七年、三十二歳、大きなチャンスと転機が訪れた。

NHKから初めてお呼びがかかり、今度始まる新しいシリーズのライターの一人に抜擢されたのだ。

松本清張《まつもとせいちょう》原作「文五捕物絵図」。

原作といっても驚いたことにわずか三行程の短い文章。

「江戸末期、神田天神下に、文五という若い岡っ引きがおり、その下に数名の若い下っ引きがいた」。これだけ。

但《ただ》し、清張さんのあらゆる原作を、換骨奪胎して勝手に使って良い。さらにオリジナルの筋でもかまわない。

燃えた！

これはチャンスだと思った。

ＮＨＫの紳士たちに初めてお逢いした。

それまで日活や東映の、やくざのような方々とばかりつき合ってきたから、ＮＨＫの礼儀正しい紳士たちとの対面は何とも新鮮で心が引きしまった。

ＮＨＫには企画部という実にしっかりした人々の部署があり、ここで一々企画が樹《た》てられる。そしてチーフプロデューサー、合川明《あいかわあきら》さんという立派な紳士が番組全てを統括していた。

合川明さんにいきなり云われた。

あなたが先頭を走って下さい。原作からとってもオリジナルでもかまいません。自由奔放にやって下さい。

杉山義法《ぎほう》、石堂淑朗《いしどうとしろう》、田村孟、佐々木守《まもる》、錚々たるメンバーがライター陣に名を連ねていたが、よしこの大家たちと闘ってやろう。

闘争心がむくむくと湧いた。

清張さんの作品群には現代物も数多くある。それを時代劇に置き換えねばならない。「張込み」のような刑事ものを時代劇にするのは簡単だが、たとえば「霧の旗」のように、弁護士に復讐する話の場合、弁護士という職業は当時はまだない。だから弁護士を医者の設定に変えた。

新人杉良太郎《すぎりょうたろう》が主役の文五に抜擢され、その下の下っ引きに露口茂《つゆぐちしげる》他、文五の親父さんに東野英治郎《とうのえいじろう》さんが決まった。

当時はまだ全てがスタジオ録画。

一つのスタジオにセットはせいぜい五つが限界で大きなカメラが四台程。ヴィデオ編集がまだできなかった時代だから全てを頭から一度に撮らねばならない。

たとえば一人のサラリーマンが部長にネチネチ怒られているシーンがあり、続けて家に帰ったそのサラリーマンが、風呂から上がってそのカミさんに、ビールを飲みながら慰められているシーンがあるとする。

会社のセットがスタジオの南東の隅にあり、サラリーマンの家のセットが、スタジオの西北の隅に建てられていて、その間七十メートルあったとすると、前のシーンで怒鳴られていた主人公は、次のシーンでは七十メートルのその距離を瞬間移動していなければならぬ。物理的にそんなことは無理である。然らば一体どうするか。

部長がサラリーマンを怒鳴っている間に、サラリーマンはソッと会社のセットを脱け出し、家庭のセットへと走るのである。走りつつスーツを脱ぎパジャマかなんかの部屋着に着替え、更に風呂上がりの状況を出す為、メイクさんが髪にお湯をかけて濡らし、顔にはスプレーで汗を吹きつけ家のセットに走り込んでビールを飲んでいるフリをするのである。

それだけの時間を稼ぐ為に、消えたサラリーマンのいた場所に向かって部長は延々と文句を云わねばならぬ。だからライターはその時間を計って部長のセリフを長ゼリフにする。

そして部長がセリフを云っている間、その部長を撮っている一台のカメラとマイクを除いて、他の三台のカメラが家庭の茶の間のセットへと走る。当時のカメラは土台つき車輪つきのどでかいもので、そこにそれぞれ太くて重いコードがついており、それをもつれないように操作するコードマンが一台に最低二人から三人。それらの人数が黙々粛々とカメラと俳優を追いかけて走る。ＡＤ（アシスタント・ディレクター）も走る。音声サンも走る。衣裳も走る。メイクも走る。マネージャーも走る。付き人も走る。部長役は相手のもういない場所に向かって延々と長ゼリフをしゃべるのだが、時にはサラリーマンが茶の間に到着する前にその長ゼリフを云い終わってしまう。すると茶の間に坐っているサラリーマン夫人にＱが出る。夫人は仕方なくサラリーマン到着までの時間を即席のアドリブで埋めなければならない。

「ホントォ」

「全くイヤな奴ネあの部長！」

「よく我慢なすったわ」

「もう少し飲む？」

「アラ飲まないの？」

「そんじゃ私が飲んじゃおうかな」

そこへハァハァと息を切らしたサラリーマンが汗びっしょりで飛び込んで坐り、

「そんでな――」

次のセリフへ続けなければならない。

だからシナリオライターは、スタジオの広さ、役者の移動距離、その間にやる作業、運動神経。それらを計算し粗相のないように慎重にホンを書かねばならぬのだ。

「文五捕物絵図」。

演出は巨匠和田勉《わだべん》を頭に齊藤暁《さいとうさとる》他の持ち廻り。

何本か書くうちに一杯セットで撮り切る為の〝路地物〟というスタイルを考案した。

一つの路地の中に数軒のセット。その一つ一つの家の中にドラマを創ってはめこんで行く。人物を深く描くことが出来、一杯セットで完結できる。中々便利だった。

下っ引き役の露口茂は、初回から眉の脇にはっきり目立つ傷をつけてきた。その傷はどうしたのとたずねたら、これには深い理由《わけ》がある、と云う。どんな理由だと追及したたら、それはあんたが考えてくれ、と云われた。

そこでその傷のついた理由を描く一本のドラマを創作した。それで出来たのが「男坂界隈」。成程一つの傷から彼の過去が浮かび上がってくる。登場人物の履歴を辿ることが如何《いか》に大事かを勉強させられた。それ以後脚本に向かう時まず、登場人物の履歴を書くことから始めるという実に重大な教訓を得た。

「文五」は倖い好評を得、僕はその中から色んなものを学んだ。

様々な名優とも知り合うことができたし、殊に大矢市次郎《おおやいちじろう》、八代目市川中車《いちかわちゆうしや》などという名優たちの芝居を直に見ることができたのは大きな心の財産になった。あの方々の渋さと色気は今も心に刻まれている。


嵐のような日々だった。

大体週に一本のシナリオを書いた。

読売巨人軍の王貞治さんがホームラン数の記録を年々更新しつつあったが、こっちは殆どが凡打とはいえ、本数だけは王さんにほぼ並んでいた。

三十代前半。体力だけはあったから、ガムシャラに書きまくった。只、所詮見習い中、あくまで修業の身。自分はまだまだシナリオ技術者の段階であって作家といえるのははるか先。速い、安い、うまいを標語にしてとにかく世間に認められようと、右から来る注文も左から来るものも何でも応じられる〝便利な〟ライターに徹しようと思っていた。

その頃。

NHKから頼まれた「あひるの学校」(原作は『あひる飛びなさい』他)の原作者阿《あ》川弘之《がわひろゆき》先生と知り合い、何だか妙に気に入っていただいて、書生のように出入りするようになる。

グルメで知られる先生が、「うちの女房のカレーは絶品だぞ」と自慢され、御馳走になって、どうだ、意見を云えと仰るので、

「正直に云うンですか」

「勿論、正直にだ」

「――松竹梅とランク付けすると、竹の中という所かと思います」

先生は思わず吹き出され、その晩クラソウ(先生は僕のことをクラソウと呼ばれた)にこう云われたと岩田豊雄《いわたとよお》(獅子文六《ししぶんろく》)先生に早速電話されたらしい。翌日夫人のもとへ岩田先生から速達が届いた。宛名がふるっていた。

「竹中華麗様」

とにかく男っぽく愉しい方で僕はすっかり好きになった。だが先生は家庭では激しい

暴君で、夫人や娘の佐和子《さわこ》ちゃんはいつも警戒して暮らしていたらしい。何故か突然怒り出すのよ、その理由がさっぱり判らないから困るの。本当に瞬間湯沸かし器なんです。夫人がこぼされるので説明してさしあげた。実は僕も家では瞬間湯沸かし器なんです。瞬間湯沸かし器には湯沸かし器のかくれた三段論法というものがあります。コチンと来た時まず抑えます。二度目にコチンと来てこれも抑えます。三度目にコチンと来ていきなりフタがぶっとびます。まわりには何故フタがぶっとんだか判りません。本人にも判らなくなってる時があります。

娘の佐和子嬢がその後突然大売れに売れたのは、この湯沸かし器の爆発的エネルギーに永年耐えに耐えて来たものが一挙に噴出した結果だと思う。

阿川弘之先生のこの内面の爆発が見事に描かれた作品がある。「舵燈」という中篇だが先生の傑作だと僕は思っている。

この「舵燈」を僕は脚色し、NHKで放送したことがある。先生の役を芦田伸介《あしだしんすけ》、夫人の役を八千草薫《やちぐさかおる》。

NHKに一通の投書があった。阿川さんが夫人をいきなり殴ったのは許せる。だが、芦田伸介が八千草さんを殴ったのは許せない。

何となく判っておかしかった。

晩年病床に臥せられた時、お見舞いに行ったらポソリと云われた。

「最近は、阿川佐和子のお父さんって云われるンだ。イヤになっちゃう」

御存じない方に申し添えるが、先生はかの巨匠志賀直哉《しがなおや》の最後の弟子である。

先生の友人である関係から吉行淳之介《よしゆきじゅんのすけ》さんとも親しくなった。吉行さんは僕の麻布の先輩であったこともあって良くしていただいた。吉行さん程ニヒルというか、物に動じなかった人も知らない。

ある日銀座で吉行さんが内田裕也《ゆうや》の一隊と一緒になり、場面が何でか険悪になり、裕也についていた安岡力也《やすおかりきや》が「殺してやろうか！」と吉行さんに凄んだら「殺されてやろうか」と静かに返したので力也が黙ってしまったという話を聞いた。

吉行さんの恐怖対談に招かれた時、直前に体験した僕の痔の手術の話になり、ベンツのマークの形に尻の穴を切られたということを話したら、眉をひそめてしばらく痛そうにしておられたが、突然ハッと目をさましたように「あぁびっくりした！　フォルクスワーゲンのマークと勘ちがいしちまった！」と仰った。

いくら何でもワーゲンの形に尻を切られたら一体どうやって痕を縫うんだ！

阿川先生が相当のお齢《とし》になってから、大分離れた男の末っこを作られたことがある。

芦田伸介が鬼の首をとったように、オイ、阿川があの齢で子供を作りやがった！　恥ずかしくって人に云えねぇんで、佐和子を説得してお前の子だっていう話にしろって必死になって口説いてるそうだ！　何とも嬉しそうに電話をかけてきた。

先生にお祝いの電話をかけたら、必死に弁解して照れていらした。「山本五十六」「米内光政」など日本の戦中を荘重に書かれていた昭和の文豪の貫禄とはかけはなれた何とも可愛らしいお姿だった。

とにかく僕にとって大好きな方だった。

テレビの世界は佳境に入っていた。

面白いように勢いづき、平均視聴率もぐんぐん上がった。各テレビ局は活気づきスポンサーはどんどんテレビに肩入れした。だから連続物のテレビの回数も今とちがってぐんと永かった。そのころ僕の関係したものだけをあげても、

「文五捕物絵図」（ＮＨＫ七十四話）

「カツドウ屋一代」（毎日放送二十六話）

「あひるの学校」（ＮＨＫ四十六話）

だから仕事の絶えることはなく、休む間もなく仕事が入った。

代わりに映画には翳りが見え始めた。

映画のシナリオハンティング（シナハン）で地方に行くとそれぞれの土地の会社の関係者が待ちかまえて接待してくれるのが常だが、ある時小樽にハンティングに行ったら、接待してくれたのは小樽日活館という常設館の館主と〝釣り堀〟日活という関連企業の社長。釣り堀日活が札束を切り、映画館主はしょぼんとしていた。その時、たそがれた映画館主がボヤイた一言が忘れられない。

「近頃ァ裕次郎より、釣り堀の鯉の方が稼いでくれましてして」

そんな時勢だからライターの書き宿も少しずつランクが下ってきていた。

「青春の鐘」という歌謡映画を書かされていた時。僕は先輩山田信サンと組まされ、伊豆にある日活の直営ホテル〝天城日活〟に放りこまれた。信サンはその頃スランプに陥り契約本数が処理しきれないでいた。

ゴルフが大好きな信サンは、天城日活に付属するゴルフ場が元々主たる目的だったらしく、良いですよ僕が台本は進めときますからどうぞゴルフをやって来て下さいと云ってあげたら、悪いネと喜々とコースに出て行った。僕はどんどん勝手に台本を書き進めシノプシス、ハコ書き、シナリオと、殆ど寝ずに五日で全てを仕上げてしまった。僕はテレビを抱えていたしグズグズしてるわけに行かなかったのだ。

出来上がったホンを信サンに見せると、エ!? と目を丸くして凍結し、それから正座して全てを読み上げ、指で輪を作って何度もうなずき、ＯＫ！　完ペキ！　早書きの噂は聞いてたけど。——その後のセリフが凄かった。

「クラモッちゃん凄い！　けどこれはいけない！　シナリオを五日で書き上げちゃうなンて、他のライターが迷惑する！　こういうことがあってはいけない！」折から企画部長が到着したという電話が鳴ると彼は僕の原稿をパッと尻の下にかくし、お願い！　頼む！　後一カ月はかかるってことにして、といきなりその場に土下座した。

書き宿のレベルはどんどん下降し、最後は新宿歌舞伎町裏の、夫婦でやっている小さなつれこみに入れられた。

この時はそこの夫婦と仲良くなり、夫婦が二人で外出する時は僕が代わりに帳場番をした。

帳場は玄関脇の四畳半で、そこのコタツに原稿を持込み、コタツの上でシナリオを書くのである。

そのつれこみは路地の奥にあり、表に面したガラス戸の向こうに、入ってくるアベックの足だけが見える。男の足が女の足を誘う。最初女はためらうが、男に強引に押しこまれるようにガラリと宿に入ってくる。すると四畳半の雪見障子を開けて僕がやさしく首を出し、「御休憩ですか、お泊りですか」ときく。すると突然男女の位置が逆転して

「休憩です！」女がパパッと上へ上がる。男は一挙にオタオタして、「ア、アノ、お金は今すぐ前払いで？」たちまち態度が小さくなるのである。

男と女のことをかなり勉強した。

一九七〇年、昭和四十五年。

この年が僕の最初の転機になっていたのではないかと思う。僕は三十五歳になっていた。

この年日本テレビから、クローニンの「青春の生き方」を自由に脚色して、青春ドラマを創ってくれと云われた。自由にという言葉が僕の心を射た。

その頃、本来脚色というものには、二種類のやり方があるのではないかと気づき始めていた。

原作を机の脇へ置き、それを一々参照しながら、引き写すように脚色していくやり方。もう一つは、原作のディテールから思い切って離れ、原作から筋は離れてもいいから、そのストーリーを換骨奪胎して原作の精神を脚色していくというやり方。

思い切って後者に挑戦してみようと思い、プロデューサーに相談したらＯＫが出た。そこで原作は最初の何ページかを読み、後はプロットを書いてもらってその概要と精神のみを摑んだ。後は大胆に創作して行くことに決めた。

主演は劇団民藝の樫山文枝《かしやまふみえ》とまだフレッシュな新人石坂浩二《いしざかこうじ》。

樫山文枝は当時NHK連続テレビ小説「おはなはん」で大ブレークし、国民的スターになったところだった。僕には全てがおはなはんであり、本物の樫山文枝がどういう人物なのかさっぱり得体《えたい》が摑めなかった。そこで本人と二人きりで逢わせてもらうことにした。

当時彼女は新劇女優としてはまだ新人。調べると吉祥寺に住んでおり、善福寺の僕の住居とは意外なことに目と鼻の先だった。そこで吉祥寺の喫茶店でお逢いした。

逢ってみると案の定、樫山文枝とおはなはんは大きくちがった。僕は大スター樫山文枝でなく、新人新劇女優樫山文枝の、全く別のキャラクターに遭遇した。

目の醒めるような思いだった。

彼女は全く素直で純真な、育ちの良い一人のお嬢さんだったが、僕はその彼女の素直な外面から、可能な限りその内面に潜む、わずかな欠点を探ろうとした。一人の役者を輝かせる場合、みんなその長所を目立たせようとするが、実は欠点を描いてあげた方が〝その人物の個性が光り、個性はキャラクターを光らせることになる〟。それは劇団仲間の友人たちと接しながら、座付作者としてまだ漠《ばく》とはしていたが青二才の僕が秘かに身につけかけたドラマツルギーだったのだ。

ドラマのタイトルは「わが青春のとき」とした。

青春とは唯一、青い、純粋なわがままの、許される季節なのではあるまいか。

それがこのドラマのテーマだった。

それまでひたすら修業中の身として、己のテーマなど押し出すべきでないと抑えてきた僕にしては、初めてひそかに自分の中に据えた、人に云えないかすかなテーマだった。

ある大学の医学部の研究室。

絶対的な教授の支配下にあるその研究室で一人ひそかに、ある風土病の研究にのめりこみ、そのことがばれて大学を追われる一人の純粋すぎる若い研究者の苦悩と挫折。

今だからできる、〝今しかできない〟。純すぎる若者の青春のエゴイズムを、当時の自分の心の中のいらつきに乗せて思い切って大胆に一気呵成に書いた。

転機になった作品だったと思っている。

「わが青春のとき」は倖い評価され、続いてオリジナルを一本許された。そこで直ちに企画書を出したのが「君は海を見たか」という作品である。

当時世間の話題になっていた高度経済成長期の落とし子モーレツ社員。その一人増子一郎は和歌山県串本に海中展望台を作るべく家庭をかえりみず打ち込んでいるが、ある日その子供が突然ウィルムス腫瘍という不治の病に罹り蒼白になる。子供の余命を宣告された増子は、残された子供の短い命の中で何をしてやれば良いのか煩悶するが、その時相談した子供の担任の先生からこういう一言を投げかけられる。

——生徒に海の絵を描かせた時、他の子はみんな真青な明るい海の絵を描いたのに、おたくのお子さんだけは真黒な海の底の絵を描いた。あなたはお子さんに、実際に海を見せたことがあるのですか、と。

実際毎日海で仕事をしていた主人公は、思えば忙しさにかまけて、子供に海を見せたことがなかった！　そのことに愕然とし、ショックを受ける一人の父親の話である。

このドラマはヒットし、直ちに映画化の話が来て、大映末期の映画となった。

実は。

この頃全く類似の話が、僕の家庭で進行していた。おやじの死後、僕らを必死に女手一つで育ててくれた母親が過労で体を壊していたのだ。そのことに僕は気づいていなかった。

父の死後、いやその少し前から、おふくろは逼迫した家計を助けようと娘時代に京都で身につけた裏千家の茶道を細々と教えて、何とか少しの収入にしていた。

わが家は東京女子大の塀ぞいにあり、女子大の学生が次々に入門した。

茶道という家元制度の構造は大きなピラミッド状の組織である。おふくろは教師の格としてどの位の位置にあったのかよく判らないが淡交会という下部組織に属し、そこを通して京都の家元に上納金を納めていたようだ。そして定期的に何人かの仲間と家元から業躰《ぎょうてい》さんなる師範を呼び、時には酒を出して接待しながら弟子を拡げる為お茶会を開いたり、とにかく殆ど儲からない、カツカツの教室に全力をそそいでいた。そしてその過労が祟り、ある日バッタリ倒れてしまった。

僕はその頃にはもうシナリオライターとして結構稼ぐようになっていたからおふくろに向かって云い放ってしまったのだ。

「もう大した稼ぎにもならないお茶を教えるのは辞めなさい。これまで母さんに喰わしてもらって散々お世話になってきたけど、これからは僕が喰わす番だ。あなたのつとめはもう終わったんだ」

そう云ってお茶を取り上げてしまったのだ。

それが老女の唯一の生き甲斐を奪ってしまったのだということに愚かな僕は気づいていなかった。

人は他人から何かしてもらうことと、他人に何かしてあげること、即ち人の役に立っていること。どっちが大切かと考えるなら、まちがいなく人の役に立っていること、そっちこそ重大なことなのであり、それこそ人の生き甲斐なのである。

三十代の僕は愚かにもそのことに気がつかず「あなたのつとめはもう終わった」という何とも残酷な一言で、おふくろの生き甲斐を取り上げてしまったのだ。

それから半年もたたぬうちに、その報いは突然衝撃的な形で出た。

おふくろに異常が発生したのである。

それは老人性躁鬱病という形で、ある朝唐突にわが家を襲った。それも躁という形で爆発した。

普段静かな京女のおふくろが凄まじい罵声を女房に浴びせた。あんた一体どんな教育を受けたンだ！　あんたの両親の顔が見たい！　女房は仰天して実家に逃げた。

手のつけられない狂乱ぶりだった。

女房は実家に帰ってしまうし、いよいよわが家は積木くずしかと思った。

躁という事態が僕らには判らず、とにかく救急車を呼ぶしかなかった。救急車の中でもおふくろは叫び、信号で止まると表へ叫んだ。助けて！　私、殺される!!

病院についておさえつけられ、おさえつけられたまま注射を打たれると、おふくろの呼吸は一度止まった。

医者たちの必死の手当てのおかげで、間もなく息は吹き返したが、そのままおふくろは廃人のようになった。

おふくろの信頼するキリスト教会の牧師に来てもらい埼玉県の小川町にある牧師の知人の医師のいる赤十字病院に搬送することにした。

もっと近くにも病院はあったのだが、近くにいられては仕事が出来ない！　それがその時の僕の正直な気持ちだった。我ながら残酷で心が痛んだ。

それからの何カ月かは思い出すも苦しい。

二時間近くかかる小川町の病院へ、最初は三日おきに車を飛ばして通った。

鉄格子の檻の中に、狂ったおふくろは監禁されていた。

躁鬱病には波があった。

躁が終わると程なく鬱が来た。

躁は本人にはいわばハッピーだったが、鬱は反動的に苦痛の時だった。鬱になるとおふくろは黙り、落ち込んだ。

その、躁と鬱のわずかな間隙の時間、僕はおふくろを家へ運んだ。女房はあれからすぐに家に戻っていた。

躁来たりなば鬱遠からじ。

眉をひそめておふくろは呟いた。

ある日。

帰宅していたおふくろに又鬱が出かけてあわてて僕はおふくろを車に乗せて小川町への道を車で走っていた。その時おふくろがポツリと僕に云った。

「ねぇ。私、本当に生きてていいの?」

「――」

何と返事して良いか判らなかった。

やさしい言葉をかけてやりたかったが、恥ずかしく、ウソっぽくてとても云えなかった。

僕は只腹を立て小さく怒鳴った。

「そういうことを気安く云わないでよ!」

〝死〟ということをおふくろが本気で考え出したのは、多分その頃からではなかったかと思う。同時に僕の頭の中に、〝安楽死〟という言葉が浮かんでは消えた。

日本テレビの連続物で、安楽死というテーマを扱ったのはそういう状態の中である。白川由美《しらかわゆみ》さんと船越英二《ふなこしえいじ》さん。それに自ら安楽死に走る役で嵐寛寿郎《あらしかんじゅうろう》さんが出演してくれた。

暗い気持ちの中で書いたから、当然作品も暗いものになった。

「ひかりの中の海」という作品だった。

その頃僕は年中いらつき、同時に傲慢になっていたように思う。まだ修業中の身であったくせに周囲の怠慢が一々気になった。

まだ草創期の筈であるのに、景気の良いことに頭《ず》にのって、テレビ人が勉強を怠るようになった。制作態度がいいかげんになった。そのことが一々気にさわった。

数年前にはみんなが夢中になり「創」の現場であった筈の現場がいつのまにか「作」の現場に堕《だ》しかけている。それが一つずつ腹に据えかねた。だからしばしば人と衝突した。

〝作〟とは知識と金によって、前例を踏襲してつくることである。それに対して〝創〟とは智恵により、金がなくとも前例にないものを新しく発想し、生むことではないのか。

数年前にはテレビという初めて遭遇したこの夢の媒体に、みんなが創意で立ち向かっていたものが、わずか十年のテレビの歴史の中で、みんなが〝作〟に堕し果てつつあった。そのことに一々ひどく腹が立った。

たとえば稽古の最初にある本読み。

僕はその昔、野上彰《のがみあきら》さんという、詩人で売れっこの放送作家にくっついて、NHKの本読みというものに何度か立ち会わせてもらったことがある。その時先生にこう云われたのが頭の底に深く刻まれている。

作家が本読みに立ち会うというのは君、〝権利じゃなくて義務〟ですよ。だって脚本には音符も書けないし、セリフのニュアンスの細かい所まで細かく書き込めるわけないじゃありませんか。脚本というのは〝寝ている〟もんで、役者がそれを初めて〝立たせて〟くれるんです。その立たせ方がちがっていたら、ライターの意志はこうこうこうだ、それを正確に伝えることが本読みというものの存在意義なんです。勿論役者が思いもかけない新しい表現をしてくれることもある。そういう成程！　という時はそっちを採ってやればいいじゃないですか。

ともかくライターが本読みに立ち会う。それは義務であって権利じゃありません。

この考えが僕の中に、最初から深く沁みついていた。

しかしテレビの現場にあっては、その考えは通用しなかった。いや、これは元々映画の頃からあった、もっと根深いものだったかもしれない。

映画は監督の著作物であるという考えが元々この世界には根強くあった。

そもそも昔は監督自身が撮影台本を書き、それを元に撮影を進行させて行った。だから台本は撮影の為の、備忘録でありメモ書きだった。だから昔の台本を読むと、――たとえば木下恵介さんのホンなどを読むと、判らない部分がいっぱいあり、それが映像に昇華されると、彼の頭の中にかくされていたものが出現してアッと云うような画《え》となって来るのだ。

ところがそこにシナリオライターという、いわば独立した分業的な職種が生まれた。彼らは彼らなりにセリフ・映像で監督に対抗した一つの世界を築こうとした。

殊にテレビという素人サラリーマンスタッフの社会にあっては、昨日まで営業にいたような人間が突如監督になって一本撮ったりすることがしばしばだったから、監督という華々しい地位と権威に舞い上がり、ドラマを全く知らない者、勉強していない者が素人の知識でドラマ〝らしい〟ものを作り始めたのだ。

役者に於《お》いてもそれは同じだった。

テレビは歌手だろうとモデルだろうと、スポーツ選手だろうとお笑いタレントだろうと、役者の勉強は全くしていないのに、只《ただ》有名だ、人気者だというだけでいきなり主役に抜擢した。

ある時そうした歌手の一人が、セリフの語尾を全く無視して、普段自分の使う現代用語で全てのセリフをしゃべってしまった。

語尾はキャラクターの人格を作る。ドラマの筋はそれで通るかもしれないが人物像はめちゃくちゃになる。人物像がめちゃくちゃになればそれに対応する相手役たちの反応も対処もめちゃくちゃになる。即ち意図したドラマが成立しなくなる。そこでカッとして思わず口走ってしまった。

「一言一句、変えないで下さい！　セリフ通りにしゃべって下さい！」

この一言が一人歩きしてしまった。

クラモトは一言一句書かれた通りにしゃべらないと許さない！

この風評がアッという間に伝わり、僕はとんでもない暴君にされてしまった。たまま少し売れてきたこともいけなかったのだろう。傲慢だという悪評にさらされた。

この風評はその後数十年、今にいたるまでくっついて回る。この風評には随分悩まされた。

たしかに僕はその頃多分に思い上がりがあったように思う。

仕事はどんどん入ってきたし、面白いように創作意欲は湧いた。

おふくろの病状は相変わらずで、週に一度の小川町通いは続いていたが、その暗い気分を吹きとばすような面白い仕事が舞い込んだ。

日本テレビの石橋冠《いしばしかん》ちゃんからの仕事で「2丁目3番地」というホームドラマである。

森光子さんの母親を中心に、浅丘ルリ子、范文雀《はんぶんじゃく》をはじめとする四人姉妹が営む美容院のドラマ。ルリ子の夫役の石坂浩二が後《のち》ルリ子と実際に結婚し、共演していた寺尾聰《てらおあきら》も范文雀と結ばれるという明るく愉しいドラマだった。

このドラマは石坂浩二扮する女房の尻に敷かれるテレビ局員の話を軸に展開されたのだが、この人物には日テレに実際のモデルがいる。Nさんという変に物事にこだわるおかしな男で、二階の出窓で飼っていた金魚が猫にやられて地上に落下すると真蒼になってすっとんで行って瀕死の金魚にオロナイン軟膏を一生懸命塗ってみたり、ニキビには日本経済新聞の広告欄を千切って貼りつけるとすぐ治るとか、朝日や読売ではダメなのだとか、変な思い込みとこだわりの人で、ずい分執筆の刺激になってくれた。

この「2丁目3番地」は大ヒットして「3丁目4番地」という続篇がすぐ出来るのだが、そんな売れっこになりつつあった僕には、裏で傲慢だ、生意気だという不評が、いつかじわじわと拡がっていたらしい。

女優であるところの女房が、テレビに一切出なくなったのも実はこういう事情があったからしく、テレビの世界に行くと僕の悪口をあちこちで聞かなくてはならないからと、テレビ出演を一切断ち、舞台専門になってしまった。

心痛んだが仕方なかった。

云いたい奴には云わしておけ。自分の相手は只視聴者なのだ。視聴者により良いものを届けることだけが、僕らライターの務めなのだと、ひたすら良いものを書くことに集中した。

そんな時NHKから大きな仕事が来た。

山本周五郎の「赤ひげ」である。おふくろの病で苦しんでいる時でもあり、一も二もなく飛びついた。

小林桂樹《けいじゅ》、あおい輝彦《てるひこ》の主演。以後一年半この作品に打ちこんだ。

「赤ひげ」は江戸時代の医者の話である。

小石川養生所という当時の施療院。

金持ち相手でなく、貧しい庶民の病人に対する、哲学を持った名医の話である。彼は病そのものを相手にするより、病人の心を大切にする。おふくろの病に立ち向かい、ボロボロに傷ついていた僕にとって、何ともぴったりの題材だった。

実は医学者であった僕の祖父徳治郎《とくじろう》は、昭和の初期、優れた功績をあげた医学者に対し「山谷賞」というものを呈上していた。その第一回を解剖学で功績を挙げた、順天堂医院の小川鼎三博士が受賞しており、この方がその頃順天堂大学医学部医史学研究室の室長になられていた。この小川博士とその研究を継ぐ酒井シヅ教授。このお二人のもとを頼って、江戸期の医学史を勉強させてもらった。

これは大きな助けだった。

この少し前に創られた黒澤明《くろさわあきら》監督の「赤ひげ」とも少しちがう、新しい赤ひげ像が僕の中に形をとって来た。

順天堂の医史学研究室には、実はそれ以前も「わが青春のとき」「君は海を見たか」、安楽死問題に挑戦した「ひかりの中の海」の執筆の際に色々お世話になっていた。「赤ひげ」の場合は江戸期の日本の医学史を知る上にも何とも貴重な存在だった。ありがたかった！

僕はその頃、母親の病が、精神的な領域へと進んでしまい、激しい精神の苦痛の中で、生きることより死ぬことへの願望を必死に求めるようになっていたことを心の底で理解していた。おふくろの頼っているキリスト教の心の救済も、もはやその苦痛には応えられなかった。生きることをもはや完全に捨て、精神の苦痛から逃れさせて欲しいと、涙ながらに訴えるおふくろに、僕の心にちらついたのは、〝安楽死〟という三文字だった。

しかし現実にそのことは人間社会では明確なタブーであり、そこへ踏み切ることは不可能だった。

医学がどんどん進歩する中で、人命第一という古来の哲学は依然として厳然と生きており、患者を精神的肉体的苦痛から解放してやるという医学のもう一つの重大な使命は法律の壁の中でないがしろにされていた。そのことに僕は激しい憤りを感じていた。少なくとも「赤ひげ」というこの時代劇の中で、そのテーマに喰いこんで行くことができないか。

その相剋の中で僕は悶《もだ》えた。

「赤ひげ」は極めて評判が良く、一年半の長期連続になった。その中で僕は既に、山本周五郎の原作から離れ、オリジナルの作品をどんどん書いていた。

その最中の出来事だったと思う。

ハリウッドに招かれ、「トラ・トラ・トラ！」という作品に着手し、向こうの製作体制と衝突して黒澤明監督が自殺未遂を起こしてしまうという大事件が起きた。

僕の記憶と解釈では、多分編集権の問題がその直接の原因ではなかったかと思っている。

日本では撮り上げたフィルムを最後に編集するのは監督の仕事であり、編集こそ映画を完成させる為の最も重大な仕事だった。

だが分業の進んだハリウッドでは編集はあくまで編集家というエディターの独立した

仕事であり、監督が編集に首をつっこむことは断固許されることではなかった。このことでハリウッドと黒澤さんは最後に衝突してしまったのではないか。映画製作という過程の中で、互いに譲れないこの部分が衝突し、黒澤さんはハリウッドから最後に馘《くび》を切られてしまったのではないか。

これはあくまで僕の推測である。

しかし絶望した黒澤さんは、自殺未遂事件を起こしてしまった。

事件を起こした巨匠黒澤は、日本の中でも孤立してしまった。

その頃。

黒澤夫人、その親友であった加藤治子《かとうはるこ》さん、当時その夫君であった俳優高橋昌也さんから、黒澤さんが落ち込んでいるから一度飲みに行ってやってくれないかと誘いを受け、先生のマンションに遊びに行った。

先生の御子息である黒澤久雄《ひさお》が「2丁目3番地」に出ていたことから先生は僕の作品を何本か見て下すっており、ある程度の評価はして下すっていたらしい。お目にかかるのは全く初めてだった。タートルネックの首の間から自殺の傷痕がまだ生々しく少しのぞいていた。

「何か面白い原作はないかね」

黒澤先生が仰ったので、僕はのり出して一つの本のことを話した。

「新田次郎氏の『八甲田山死の彷徨』という本を最近読みました。中々面白い本でした」

すると先生は仰った。

「あれは病院で僕も読んだよ。確かに面白い。しかしね」

そこで先生は言葉を切り、ぐいと体をのり出された。

「あれは暗黒の、猛吹雪の中の遭難の話だよ。映画というものはね、マッチ一本の光でもあれば撮れる。だがあの話は殆ど暗黒の中の物語なンだよ。映画には一寸ならないね」

しかし——。

僕は思わず云いかけた。

たしかに暗黒の中の物語です。しかし、時々微かな光はある筈です！　その中で激しい嵐の音、バタバタゆすられる天幕のシートの音。遭難者たちの息づかい。半分ラジオドラマのような世界の中で、黒澤さんなら全く新しい緊迫の世界を——。

そう云いかけて僕は止めた。

映像の巨匠、黒澤明にこんな失礼を、とても云うことはできないと思った。

それから巨匠は僕に話しかけた。

「一緒に脚本を書かんかね」

「勿論！　よろこんで！」

「それじゃあ来月あたり二人でヨーロッパに行こう。ギリシャあたりでクルーザーを借りて、一カ月あまりエーゲ海をクルージングして、その間にアバウトなストーリーを作ろう」

「――」

「それからパリにでもホテルをとって、一月《ひとつき》あまりそこにこもる。パリをぶらぶら散策しながら、うまいものを喰って、それでのんびりシノプシスをつくる。できたら少しハコ書きまで行ければ良い」

「――！」

「それから日本に帰って、熱海か湯河原の宿にこもる。一月《ひとつき》から二月《ふたつき》。まァ三月《みつき》もこもれば書き上がるだろう。どうかね、やらんかね」

「――！！！」

そりゃぁ勿論、やりたかった！

だが僕には殆ど毎週一本、書かなければならないテレビドラマがあった！

巨匠御提案のスケジュールは、スケールがちがいすぎて目がくらんだ。

哀れな修業中の三文ライターは、深く謝しつつも御遠慮するしかなかった。

黒澤邸を辞して帰りながら様々なショックに頭の中がめちゃくちゃになっていた。

あれが本当の創作者の仕事の、じっくり物を創るペースかもしれない。現在自分の習慣としている週一本という創作ペースは、あまりにも異常なスピードなのかもしれない。

衝撃の中でフラフラと歩いた。

この頃書いた無数のドラマ。

実はその殆どが映像として、今この世には残っていない。

個人が記録として撮っていたもの、あるいは海外の賞に出品したもの、そうしたわずかな特殊な例を除いて、その映像は殆ど消されてしまった。

どこでどういう行きちがいがあったのか、当時の郵政省はテレビ局に対し、放送を終えたテープというものを消却すべしという通達を出したらしい。おかげでかつての名作群は殆ど今この世に残っていない。当時の文化財は殆ど廃棄されてしまった。これは我々脚本家にとっても、その著作権が勝手に破棄されてしまったということで、国を告訴するに足る大犯罪である。

「赤ひげ」も「文五」も「2丁目3番地」もごくごく一部を除いては、この世に今存在していないのである。それを懸命に創ったものにとっては何とも許し難い大暴挙である。

わずかに残存しているのは、当時テレビ局やプロダクションがフィルムで撮ったテレビ映画で、廃屋同然のプロダクションの倉庫の片隅から、偶然発掘された当時の番組のみが辛うじて時たま世に蘇るのみである。

ヴィデオテープが初めて世に出て使われ始めた、その時代だった。

だがヴィデオ編集は一カ所つなぐのに二十万円はかかるといわれ、めったなことでは許されていなかった。

そんな厳しい制約の中で、僕らはテレビドラマを作った。

「赤ひげ」も御多分にもれなかった。

四十九回の制作本数の中で、今映像として見ることができるのはわずか数本に過ぎないのではあるまいか。

でもその中で一本一本を血の出るような努力で作った。

一度見るだけで消えてしまう〝はかなさ〟。そこにこそすぐ散る美学を思い、いわば特攻隊の〝散華《さんげ》〟という言葉を当てはめて、だからこそがんばろうという努力を埋め込んだ。

「赤ひげ」に前後する一九七二年。

連合赤軍のあさま山荘事件が起きて、僕らはテレビに釘づけになった。テレビというもののニュースの同時性が、あれほど僕らに衝撃を与えたことはなかったのではあるまいか。

丁度その半年程前、一九七一年九月。僕は名古屋のＣＢＣから東芝日曜劇場を依頼され、「おりょう」という時代劇を書いていた。

幕末の京都。一人の人斬り攘夷志士が新撰組に追われて小さな路地の奥の家に逃げ込む。彼はその家の若妻おりょうを人質にしてその家に立てこもり半日を過ごすが結局最後は囲まれて斬られる。やっとのことで再会できた夫に、「恐かったろう！」と云われ、「ちっとも恐いことおまへんでした。優しい普通の方どした」と答える。夫はあわてて妻に云う。「そんなこと役人に云うたらお前がかくまったと疑われる！　恐かったと云え！　脅されていたのだと！」若妻はその時夫に対し、初めてかすかな軽蔑を覚える。

細かい台詞はもう忘れたが、あさま山荘で人質となり救出された山荘の若妻が、あるインタビューで似たようなことをしゃべり、ドキッとした事を覚えている。その時一人の知人の記者が僕に電話をかけて来て、あのドラマは今度の事件を予言しましたね、と云ってきたことも。

「おりょう」と題したこの作品は、民放連の最優秀賞をとった。八千草薫さんが主演した。

この作品の後日談としてその翌々年「祇園花見小路」という作品を作っている。ショーケン、仁科明子《にしなあきこ》、八千草薫、奈良岡朋子《ならおかともこ》他出演。

これは、あさま山荘で逮捕された一人の赤軍派の犯人の父親が、周囲の誹謗に耐えかねて自殺してしまったという事件に材をとった。

こっちも民放連の最優秀賞をいただいた。

この頃。東芝日曜劇場という日曜日ゴールデンの一時間枠は、若い作家たちの登竜門だった。

TBSを中心に、RKB（九州）、ABC（大阪。——後MBS）、CBC（名古屋）、HBC（北海道）の五局が持ち廻りで作る一話完結の枠だった。この枠はまことにありがたい枠で、TBSの石井ふく子さんを中心に、まさにテレビドラマの良心といえた。

僕はこの中のHBCを軸に、特に守分寿男《もりわけとしお》さんという優れたディレクターと組んで次々に作品を発表していく。

一時間読み切りのドラマというものは、いわば短篇小説だった。短篇小説にはヘソ

（核）がなければならない。麻布中学で實藤恵秀《さねとうけいしゅう》先生に教わったあの日の教えが役に立った。

その頃突然僕のもとに思いもかけないオファーが舞いこんだ。ＮＨＫの大河ドラマである。

「勝海舟」。原作子母沢寛《しもざわかん》。

ライターにとって夢のような仕事である。

折から瞬時の躁と鬱の間で短い帰宅を果たしていたおふくろは、喜び狂って赤飯を炊いてくれた。明治生まれのおふくろにとっては、ＮＨＫといえば国家そのものであり、天皇様からお仕事が来た！　それ程名誉な出来事だったのだ。お願いだから粗相なく務めるのよ！　そう云ったおふくろは狂喜のあまり、たちまち又躁になり病院に舞い戻った。

「勝海舟」は大変な仕事だった。

脚本家はひとセリフずつ、誰がしゃべっているかその人物の名前を書かねばならない。

一郎「それで？」

花子「だからそれでね」

一郎「早く云いなさい」
花子「云ってるじゃない」

そういう具合にしゃべり手の名前を一セリフ毎に書き入れるのである。だから登場人物の名前の字画は少ない方がありがたく、多かったら一々時間がかかって大変である。「海舟」だったらまァまァだと思っていざ書き始めたら、その幼名が勝麟太郎。〝麟〟という字の画数の多さにギョッとして前途が暗くなった。

更に海舟には「海舟日記」というやたら詳細な毎日の日記がある。つまらないことまで細かく書かれている。これではフィクションを加える余地がない。

しばらく呆然と放心状態でいるうちにふとあることに気がついた。

日記というものは少なからず誰かに読まれることを意識して書かれている。だから自分に都合の悪いことは割愛してぶっとばす。即ち書いていない。

そういえば海舟には八人近く女がいた筈なのに、「〝おいと〟とデイト」とか「〝おきぬ〟と密会」などという描写はどこを探しても出てこない。ア！　これだな！　と霧が霽《は》れた。この〝かくしている〟（と思われる）部分を自由奔放に脚色しちまえば良いのだなと思った。するとスルスルと筆が運んだ。

「勝海舟」というこの大仕事には、思えば最初からある種魔物がついていた。そのおかげで僕の人生は大暗転を迎えるのだが、その頃はまだそんなこと夢にも思っていなかった。

「勝海舟」という大河ドラマはそもそも〝天中殺〟の卦《け》の中でスタートした、気がする。

まずキャスティングでつまずいた。

海舟の父親勝小吉という役は前半を彩る最重要の人物である。

NHKではこの役に歌舞伎の名優二代目尾上松緑《おのえしょうろく》さんをあてようとしていた。ところがスケジュールの都合であっさり断られてしまった。本気で松緑丈が欲しいならそこで簡単にあきらめないものと思うのだが、プロデューサーはあっさりあきらめた。だが僕はどうしてもあきらめきれなかった。僕が口説いてOKしてくれたらどうなりますかとたずねたら、勿論大歓迎という返答をもらい、名古屋御園座に出演中である知人の岩井半四郎さんの所へその足で飛んで、〝丈〟を口説くにはどうしたらいいかと相談した。

すると半四郎さん曰く、松緑旦那はめんどくさいことが嫌い。意気に感ずればすぐ諒承する。あんたが直接行って土下座しちゃいなさい、という。そこで松緑旦那の出演中の大阪新歌舞伎座の支配人に直接電話して御親切に二人で秘策を練って下すった。それによると——。

松緑旦那は昼の部と夜の部の間に一時間ばかり昼寝をなさる。その起きてまだボォッとしとられる時が良い。あんた今名古屋？　すぐ新幹線で大阪にいらっしゃい！　それで大阪にすっとんだ。

旦那はまだお休みの最中だった。目が覚めたらすぐソッと連絡をくれるようにと番頭さんにお願いして支配人の部屋で待たしてもらった。

三時一寸前に電話が鳴った。それで飛び出して楽屋の前にピタリと正座した。

「誰だい」

何しろ全く面識もない、初対面の青二才のライターである。

「誠にご無礼お許し下さい！　自分、この度NHKで『勝海舟』なる大河ドラマを書きます、クラモトソウなるかけ出しのライターでございます！　海舟の父親小吉の大役を是非先生に演《や》っていただきたくNHKが交渉いたしましたる所、スケジュールがつまっていてダメだというお話で――」

汗びっしょりで三分余り、何だかやくざが仁義を切るみたいに必死でペラペラまくしたてたら松緑旦那がいきなりゲラゲラ笑い出した。まァまァそんなとこにシャッチョコバッテナイデ、こっちに入って膝をお崩し。

アッという間にOKが出てしまった！

二代目尾上松緑旦那が出演を受けてくれた！

旦那はその場からすぐにいくつか電話をかけ、京都南座の公演をはじめ、いくつかの仕事を断って下すった。お礼の言葉もなくひたすらたたみに頭をすりつけた。

岩井半四郎さんにすぐ電話してお礼を云ったら、半四郎さんも大笑いして、松緑旦那はそういう人なんだ。誠意をもって裸で当たるものに、意気を感じて応えてくれるのがね。よかったよかったと喜んで下すった。

以来旦那にはすっかり気に入ってもらい、紀尾井町にあった御自宅に招かれて何度か御馳走になったこともあった。

そのころNHKの内部は荒れていた。

あまり今更云いたいことではないが、各所で理不尽が横行していた。

一つには、上田哲を頂点とする労働組合が力を持ち管理側の上層部と全くうまく行っていなかったからではないか。

たとえば夜の十時になると労働基準法に反するという理由で、スタジオの電気をすべてバチッと切られてしまう。撮影は中止にせざるを得ない。

たとえば「勝海舟」のロケーションで長崎へ行ったことがある。

長崎にロケに行く場合には、まずNHKの九州総局（福岡）の組合に話を通し、そこから長崎の組合に話が行って三社で綿密な打ち合わせが開かれる。

坂本竜馬（現・藤岡弘《ふじおかひろし》、）がオランダ坂をかけ下りる、只それだけのロケだったのだが三回撮影をしなければならない。

まず東京から行ったチーフディレクターが指揮して、竜馬が坂をかけ下りるショットを坂上からのカメラで撮影する。その時福岡総局のスタッフも長崎支局のスタッフも全く加わらず見学している。OKが出ると今度は福岡総局のスタッフが走り下りる竜馬の横からのフォローを、もう一度走らせて撮影する。その場合東京からのメインスタッフも長崎支局のスタッフも一切口を出さずに傍から見ている。最後に長崎のスタッフが走り下りてくる竜馬の姿を坂の下からの受けカメラで撮る。

通常映画や民放だったら一回の撮影で済ますところを、信じられないことに三つの組合の主体性を示す為にそういう不思議な撮り方をするのである。その間他の二組のカメラは、やることもなく只遊んでいる。

哀れなのは三回走らされる藤岡弘である。しかもそれぞれにNGが出てやり直される。これはいったい何なのだと思った。だが各支部の組合が強くて、非組合員であるチーフプロデューサー、チーフディレクターはなんの文句もはさめないのである。

その頃僕はおふくろのこともあって、家に手を入れる為、善福寺から一時野方に家を借りて移った。移ったその日にNHKからテレビ受信料の徴収員が来た。ここは一時の仮住居で、善福寺の方で払っているからと説明すると徴収員はすぐ引き下がった。ところがである。

家の改築が終わり、善福寺に戻って半年程たった頃、どうも変だと女房が云い出したのである。NHK受信料の領収書が二枚ずつ来る。しかもそれは僕が一時野方に転居した時から、同じ三菱銀行の西荻窪支店から出ているものである。

銀行振り込みの手続きは、本人が銀行に行き直接印鑑を捺さなければ出来ない。こっちはそんなことした覚えはないのに、誰かが明らかにそれをしており、半年分以上の受信料が僕の口座から勝手に二重に引き出されている。

こんなことがあり得るのか。

NHKという国家権力を以てすると、他人の口座から勝手に金が引き出せるのか。

半年分の証拠領収書を持って制作部長の所へ捻じこんだらたちまち上の連中が出てきて、全員蒼くなって頭を抱え、彼らの非をすぐに認めてくれ、何卒《なにとぞ》穏便にということで僕もそれ以上揉めるのを止めた。大河ドラマの進行中だったからである。でも、その時重役の一人がボソッと呟いた一言が今も耳のはしに残っている。

――よりにもよって、まずい相手に！

若いディレクターが松緑さんを怒らせ、旦那が下りると云い出す事件が起こった。そのディレクターTは芝居について殆ど素人で、そのくせ自分は芝居を判っていると思い込んでおり、只NHKのディレクターという位置と権威をふりかざして大ベテランの芸術院会員に無礼な注文を次々に出したから、松緑旦那は切れてしまった。

あわやという所まで話はこじれたが、この時は旦那が、自分が今怒って辞めてしまっては若いディレクターの一生の芽を摘んでしまうことになるからと、逆に自ら詫びを入れて下さり、大人の対応で事を納めた。

Tは当然だと傲然と構えていた。

天中殺はまだ終わらなかった。

渡哲也が発病したのである。

三十九度以上の熱が二週間以上続き、彼は病院からスタジオに通った。

渡哲也の熱は下がらなかった。

病院もその原因を特定できず、三十九度以上の熱は三週目に入った。

だが〝哲〟は我慢強く責任感の強い男だったから、周囲に伏せて仕事を続けた。プロデューサーやディレクターはそのことに無論気づいていたが、収録のストックがわずかしかなかった為、徹底的にそれを伏せた。ある日、元日活の監督舛田利雄が陣中見舞いに来てその異常な痩せ方に気づき、石原プロの番頭である小政《こまさ》こと小林正彦《まさひこ》専務とたまたま訪れていた僕に激怒した。これはもはや人道的な問題ではないのかと。知らなかった僕はすぐさま制作部長に直訴した。ところがそのことはおどろいたことに部長をはじめ上層部に全く伝わっていなかった。

上層部は仰天し、すぐさま代役の人選に入った。ところがストックされた録画がわずかに三週分。二、三の候補者が浮上したがいずれもスケジュールが全く無理だった。その候補の一人に松方弘樹がいた。

松方は当時東映が最も力を入れていた若手。梅田コマ劇場に出演中だった。

「岡田茂さんに直接交渉してみましょうか」

殆ど不可能と思われたがその時僕はつい口走ってしまった。できるなら是非！　とNHKはとびついた。

それでそのまま有楽町の東映本社に飛んだ。その頃既に岡田さんは、京都撮影所の所長から東映の社長になっていたのではなかったか。

話を聞いた岡田さんは、それはチャンスだ、と即断してくれた。今予定されている撮影は全部切る。但し、これには本人の意志が何より先行する。今出演している梅田コマ劇場の公演は今週いっぱいで終了する。その後すぐにＮＨＫに入るかどうか、クラモッチャン、これから大阪に直行して本人を直接口説いてくれ。わしから至急電話で話しとく。

思いもかけない展開だった。

「くノ一」以来の岡田さんとの関係が妙な所で突然生きた。

ＮＨＫにすぐ連絡し、そのまま新幹線にとび乗った。

実は松方弘樹とはそれまで全く面識がなかった。だが梅コマで待ってくれていた彼には岡田さんからの急報が入っており、逢うといきなり両手をさしのべて握手を求め、急のこの代役を引き受けてくれた。ＮＨＫはホッと息をつき、「渡急病で突如降板。代役に松方！」の文字が新聞に躍った。

大河ドラマ「勝海舟」の主役交代！　前代未聞のこの事件は、新聞マスコミを大きく騒がせた。但しこの大きな交代劇の裏での僕の秘かな工作活動は殆ど誰も知らないところで行われた。

一ライターがこんな大事件に絡むこと自体異常なことだったし、見方を変えれば大きな越権行為といえた。それは僕自身がよく判っていたから勿論誰にも云わなかった。

松方への交代は辛うじて間に合い、大河ドラマは表面上順調に、何もなかったように普通に続いていた。

いつものように本読みを行い、いつものように撮影は進んだ。面白いキャスティングもどんどん組めた。

藤岡弘の坂本竜馬とそれに心酔する人斬り以蔵役のショーケン。ショーケンとは初めてのつき合いだったが、何ともユニークな発想をひらめかす実に面白い役者だった。

ある日ショーケンが突拍子もないアイデアを持ち出した。人斬り以蔵の竜馬への心酔に、ゲイ的愛情を持ち込みたいがどうか。そりゃ面白い！　と僕はすぐ乗った。ショーケンの演じる岡田以蔵は坐っている竜馬の後ろに黙って坐り、竜馬の脱いだ衣裳に女房のように黙々とツギを当てている。時々その持った針を自分の髪に当ててツッとすべらせて油をつける。母親や婆さんのよくやっていた、昔の女の家事の所作である。これには感心し、そして笑った。二人の関係がピタリと表現されていた。

このショーケンがある日僕に云った。

「ああいうことされて黙ってるの？」

何のことだか判らなかった。

既に書いたが稽古場ではまずライターが立ち会って本読みということをする。台本には細かいニュアンスや音符までは書けない。台本はいわば〝寝ている〟ものである。役者がそれを初めて〝立たす〟。その立ち姿の是非を見て脚本家はその表現をただすのである。無論ライターの想像を超えた意表をついた表現をする者もいる。その場合は文句なくその表現を頂戴する。とんでもなくまちがった表現をするものはそうではないと説明する。

この本読みの方法は昔ラジオしかなかった頃、前述した放送作家で詩人でもあった野上彰先生に教わったことである。野上先生の本読みに何度もついて行ってそのやり方を僕は身につけた。ところがテレビの世界にあっては、本読みをすることは異例であり、来たいならどうぞという局の態度だった。しかし僕の場合本読みに立ち会うのはライターの〝義務〟だとそう信じていた。

ショーケンが僕に教えてくれたのは、本読みを終えて僕が引き揚げると、「では脚本家がいなくなったのでこれから本直しを始めます」と、ディレクターが台本を直し始めるということだった。何人かの役者にたずねたが、その通りだと異口同音に云われた。殊に、少し前松緑旦那とトラブったTというディレクターが激しい、と聞いた。

頭にカーッと血が昇って、若かった僕はチーフディレクターに訴えた。

Tはまだ若くＮＨＫの組合員であり、管理職以上、即ちチーフプロデューサーやチーフディレクターは既に組合員の位置を外れていた。チーフディレクターがそれはひどいと僕の肩を持つと、チーフは組合員の側に立たず、外部の人間の側に立つのかと今度はTが息まいた。これが争いの発端だったらしい。

当時NHKの組合は上田哲氏という議員を頂点に、絶大な力を持っていた。組合員と外部の者と、どっちの肩をチーフたちは持つのかと訴えられた上層部は、両者の板ばさみに立ち困惑しきってしまったらしい。これがそもそもNHKと僕とのケンカの下地にあったらしい。


折も折、おふくろが息を引きとった。

六年間の辛い闘病の末に、たまたま家に帰っていたおふくろは、ある朝突然意識を失い、二週間回復せず、そのまま逝った。

死んだら開けてくれとおふくろが云い残した、嫁入り時に持ってきた古い小型のトランクを開けると、そこには何通かの書類が入っていた。

何故か埋葬許可証の用紙。

殆ど残高のない貯金通帳。

僕らに宛てた丁寧な遺書。

その遺書にはきれいな字でこう書かれていた。

「私の葬式は身内だけでごくごく小さく行って下さい。お茶の稽古に使っていた八畳のお座敷の障子を開いてその外の廊下にゴザを敷くと十畳位の広さになりますからそこを使って下さい。ゴザは表の物置の二段目の奥に、お茶会の時使っていた花ゴザがあります。それを取り出して——」

涙がふき出た。

ところが。

その遺書を何度か読み返すうちにあることに気づいて僕は凍りついた。

〝表の物置〟がとっくになかった。既に何年か前にとり壊していた。してみるとこの遺書は物置をとり壊す前に書かれたものと思われた。

そう思ってあらためて遺書を読み返すと、おふくろの字は発病以前のきちんとした字だった。発病してからは薬漬けとなり、おふくろの字は極端に小さく乱れ、しかもまっすぐには書けなくなって右に左に蛇行していたのだ！　だがその遺書に連ねられていたのは、発病以前におふくろの書いていた——学童疎開の時毎日のようにもらった——あのなつかしいきれいな字だったのだ。

してみるとこの遺書はいつ書かれたのか。

――。

どう考えても僕がおふくろに、もうお茶を教えるのは辞めなさい、僕が稼げるようになったんだから、もうあなたのつとめは済んだんだ。と、おふくろから強引にお茶を取り上げてしまった、あの時期に書かれたものにちがいないと思われた。

僕はショックで動けなかった。

人は他人から善意を施される、それは確かに嬉しいことである。しかし人間は他人に何か施すこと、他人の為に役に立つことと、他人に何かをしてもらうこととどっちが本当の生き甲斐かと考えたら、他人に何かしてあげること、他人の役に立っているという意識の方が何層倍も重大なのではないか。人の生き甲斐とはそういうものではないのか。

そのことに想いの到った時、少し売れかけて有頂天になっていた自分が、自分を産んでくれたおふくろの気持ちに何も気づかなかった情けなさに心の底から打ちのめされていた。

おふくろの遺したトランクの中にはもう一つショックな遺品があった。

結婚寸前、おやじがおふくろに出したものらしい。墨で書かれた恋文だった。

それを読んだ時、息がつまった。

中身のことはどうでも良い。

だが紛れもなくその手紙は、若いおやじが若いおふくろに初々しく書いたラブレターだった。

そこにはまだ若いおやじの感情と、ピチピチと若いおふくろを想わず昭和の初期の青春が読みとれた。

僕はそれまでおふくろというものを、母親としてしか見ていなかった。だがおふくろにもかつての日には、ピチピチと若い青春の日があったのだ。

そのことに気づかなかった自分というものに僕は呆然と向き合っていた。その恋文を母の胸元に納め、白木の棺に釘を打った。

おふくろが死んだ日から三日間。

わずか三日間の時間の中で、僕は徹夜で一本のシナリオを書いた。

おふくろの納棺・通夜・告別式・火葬。その忙しい時間の中でである。

おふくろへの謝罪、贖罪、後悔、反省。あらゆる気持ちを伝えたくて一気呵成にその作品を仕上げた。ＨＢＣ（北海道放送）に持ち込んですぐ作品に仕上げてもらった。

「りんりんと」という作品である。

母よ――

淡くかなしきもののふるなり
紫陽花《あぢさゐ》いろのもののふるなり
はてしなき並樹のかげを
そうそうと風のふくなり

時はたそがれ
母よ　私の乳母車を押せ
泣きぬれる夕陽にむかって
轔々《りんりん》と私の乳母車を押せ

三好達治の詩を拝借して、おふくろへの鎮魂歌を全力で紡いだ。

中味は呆けた母を、故郷北海道の老人ホームへ捨てに行く一人の青年の、いわば姥捨ての話である。

青年役には渡瀬恒彦《わたせつねひこ》。

そして母役には往年の大スター、田中絹代《きぬよ》さんをお願いした。この絹代さんの演技が凄かった。凄いというか、神がかっていた。僕には死んだおふくろが、そのまま乗り移ったとしか思えなかった。

以来絹代さんは、僕の母のような存在になり、親族の殆ど全くいなかったこの大女優の最期の刻まで看取ることになる。

「りんりんと」はある程度玄人の評価を受けたが、テレビとしては何とも暗かった。テレビという大衆に向けた娯楽のメディアが、ここまで暗くてはいけないと思った。だから僕はこのモチーフを、もっとカラッと明るいものとして後日大々的に書き直すことになる。それが少し後に書いた「前略おふくろ様」だが、こっちにも絹代さんに出ていただき、絹代さん最後の作品となる。

だがそれはまだずっと先の話。


「勝海舟」は松方に代わって一応新しい軌道に乗っていた。おふくろの死もあって僕は一途に、作品を良くすることだけに夢中になっていた。そんなころＮＨＫの広報から雑誌の取材を受けて欲しいという話が舞い込んだ。

マスコミの力学は天秤ばかりである。

一方に力が加わりすぎると、必ず他方へ力をそそぎ、加重が一方へかかりすぎないように動く。

云い方を変えれば正しかろうと正しくなかろうと力の足らない野党の方に加担し、与党への加重に逆らおうとする。

NHKの仕事をいくつかするうちに、そういう力学のあることを知った。

NHKは巨大な力を持つ。だからマスコミは何となくその力に逆らうことを志すようになり、そのアラを探したり、落ち度を見つけることに懸命になったりする。力のあるものの、それは一つの宿命といえるだろう。

そういう宿命に逆らって、できるだけ公正に物を云おうという反骨が、僕の心の中に強くあった。

NHKの広報から持ち込まれた取材の依頼は、講談社が発行する「ヤングレディ」だった。

御多分にもれず「ヤングレディ」の記者は、最初からNHKの悪口を僕の口から聞き出そうとしていた。それが余りに露骨だったから、ヘソ曲がりな僕はNHKの良いところを、優れたところを殊更のべたてた。「ヤングレディ」の記者はそういう部分を最初から聞く気がないようだった。

それではあなたはNHKの制作態勢に、全く文句がないのですか。

そりゃぁありますよ。

どういう所です。

そこでつい僕はその言葉にのせられ、本読みの後の台本の改訂とかいくつかの不満を〝チラ〟としゃべった。すると記者の目がたちまち輝き、止まっていたペンがどんどん走り出した。途端に僕はハッと気がつき、これはまずいとイヤな予感がした。

そこで原稿のゲラを見せて欲しいと記者にその場で要求した。

その日の夕方ゲラは届いた。その原稿を見て僕は仰天した。NHKを称賛した部分が九割。文句を云った部分が一割の筈だったのに、褒めた部分は全くなく全てが不満で埋めつくされていた。「ヤングレディ」のデスクにすぐ来てもらい、その場でもう一度インタビューをし直してその原稿を見せてもらった。それでも信用できず、もう一度ゲラを見せてくれと云った。明日木曜の朝が校了だから時間がもうないと敵は云った。相手もすでに敵意を剝き出しにしていた。朝の何時が校了です？　五時です。ではその時間に僕が御社に出向きます。

翌朝五時に車を運転して音羽の講談社まで僕は走った。徹夜明けらしいデスクは赤い目で険しく僕に新しいゲラを見せた。まだ七割が批判記事だった。

いやがる敵の恐い目を無視して僕は更にそのゲラを赤ペンで修正した。これでやっと問題はなくなったと思った。

翌金曜日。

「ヤングレディ」の発刊日。

早朝電話で叩き起こされた。NHKの制作部長からだった。新聞広告を見て下さいと云われた。新聞を開くと今日発売の「ヤングレディ」の大きな広告が目にとびこんできた。

「脚本家、NHKを内部から告発！」

ア！　と思った。広告のゲラまではチェックしていなかった！

「すぐ来て下さい！」と部長に云われた。

NHKに着くとチーフプロデューサーをはじめ、部長、局長までが既に一室に集まっていた。

「今スタッフが全員別室に集まっています。もうあなたとは一緒に仕事ができないと云っています。全員に対して謝って下さい」

「――!!」

僕は懸命に言葉を探した。

「できないと云うならいつでも降ります。しかしその記事をもう一度よく読んで下さい。僕はまちがったことは全く云ってない！」

するとチーフディレクターが云った。

「降りると簡単に仰るけど、それじゃあ視聴者に対するあなたの責任はどう取るの？」

「——」

結局僕は別室に連行され、みんなの前で頭を下げた。

昨日まで一緒に仕事をしていた仲間が別人のように硬い顔で並んでいた。それから十数人の彼らが一人ずつ、嵐のように罵声を浴びせ始めた。組合なるものの吊し上げだった。

反論したら謝罪にならない。だから一言も弁解しなかった。庇ってくれたのは二人だけだった。こんなに皆に憎まれていたのかと情けなさと屈辱で涙が溢れてきて、それをかくす為にサングラスをかけた。

しばらく耐え抜いて、黙って部屋を出た。

その後のことは全く憶えていない。

気がついたら北海道の千歳空港にいた。

何故北海道に来てしまっていたのか。その理由は今以《いまもつ》て全く判らない。

第二章

札幌無頼

ＨＢＣ（北海道放送）の守分寿男さんに千歳空港からまず第一に電話したらしい。当分こっちに住むと云ったら、おどろいた彼はすぐ飛んできて当座の宿を取ってくれた。北海道大学植物園のすぐ前にある中村屋旅館という旅館だった。

居場所をかくしてそこで当分「勝海舟」のシナリオだけを書き、それを東京の女房に送ってＮＨＫに届けてもらうことにした。居場所はあくまで絶対に伏せた。

女房は全く平然としていた。

ＮＨＫはかなりあわてて様々に探りを入れてきたらしいが女房は全く動じることなく僕の居場所を伏せてシナリオだけを速達便でＮＨＫに送った。僕の居所は完璧に伏せられた。

ＨＢＣの守分さんとは既にいくつかの東芝日曜劇場をやり肝胆相照らす仲になっていた。札幌オリンピックを舞台にした「風船のあがる時」「田園交響楽」「ばんえい」「聖夜」そして「りんりんと」。

彼とその部下の長沼修《ながぬまおさむ》さんが親身になって僕を守ってくれた。

只、彼らは二人共酒を飲まなかった。だから日が暮れると僕はふらりと一人ですすきのをうろつくことになった。

すすきので僕は自分のことを伏せているつもりだったがいつのまにか結構知られるようになっていたらしい。何しろNHKとケンカをして失踪したという情報はあちこちのマスコミで書かれていたから仕方ない。しかしそういう僕というはずれ者に対し、すすきのの人たちは何とも温かかった。

北海道にはそもそも野党びいきという土壌があり、大NHKに刃向かったなどということは、ある種美談として迎え容れられたのだ。だから人々は温かかった。その後も嗅ぎつけたマスコミなどが来ると、みんなで協力して追っ払ってくれた。

僕は毎晩樽平という、樺太帰りの気っ風の良い姉妹がやっている炉端焼きの店で晩飯を喰い、隣に坐った見知らぬ人と暖かい会話の一刻をすごしてそれからすすきのにぶらりとくり出した。全く一人で行動していたから毎日初めて逢う見知らぬ人と、初めての新鮮な会話を交わせた。

板前、ホステス、サラリーマン、やくざ、あらゆる業種の人々と、どんどん新しい交流が増え、それらの人々の新鮮な話題は毎晩僕の知識を拡げた。

考えてみると僕は東京で、業界の人とばかり会話を交わしていた。それでよく物書きができていたものだとこれまでの自分に驚いた。

そのうち僕のことを親身になって心配してくれる何人かの友人が周りにできた。

彼らはまず僕がホテル住まいをしていることが勿体ない！　と心配し始めた。

その頃僕は中村屋旅館の奥に小さな部屋を二室借りあげ、一室は暮らし用、もう一室は「勝海舟」の膨大な資料を東京から取り寄せて執筆用に使っていた。そのホテル代はどうしても一泊二〜三万の出費になった。何て勿体ない！　と友人たちは叫んだ。マンションを借りなさい！　四〜五万も出せば独身者用の部屋が借りられる。そうすればずい分飲み代に廻せる！　そう云われれば云われる通りだった。彼らは直ちに走り廻り小洒落た独身用のマンションを見つけ出してくれた。

中島公園のすぐ脇にある独身用のワンルームマンション。北日本龍角散の所有するマンションで住人は殆どやくざとホステス。すっかり気に入って直ちに契約した。

このマンションは当時としては珍しく地下に無料のコインランドリーがあり、そこを自由に利用できる。

洗濯物を抱えてそこへ下りると見知らぬホステスが洗濯をしており、「先生、男が洗濯なんかするもンじゃないわよ。私がやって部屋に持ってってあげるから先生は仕事に精出しなさい」

夢のような暮らしが待っていた。

その代わりエレベーターでやくざ屋さんともよく遭遇した。最初は僕の目付きの悪さを見て、「失礼ですがどちらの組のアニさんで」なんて云われたが、そのうちすぐに顔見知りになり、先生々々と呼ばれるようになった。

とにかくこの暮らしは夢のようだった。

女房は元気で東京にいるし僕は毎日シナリオを書いて女房あてにその原稿を航空会社のバック便に届ければ良い。煩わしいのは、この原稿を航空便に届ける作業と連絡費にチョコチョコ金のかさばることだけだった。

何しろまだコピー機などない時代で、パソコンもワープロも現われていなかったから、生原稿を東京に送ると何となく何も失くなった気がした。しかしおかげで身辺はすっきりし、眼下にすすきのの灯がともり始めると僕はフラフラ彷徨し始めるのだ。

バーのオーナーたちの友人が出来、ホステスたちの仲間が増えると、僕は彼らと毎晩つるんで夜明け近くまで飲み歩くようになった。帰るとマンションの守衛さんが何故か龍角散を一包くれた。

何千何万といる遊び人の中で、しょっ中遭遇する顔もあれば、全く出逢わない顔もある。何故なのだろうと不思議だったがある日ハハンと理由が判った。

すすきのには無数の川の流れがあるのである。

たとえば㋑という一軒の店がある。

そこに通ううちに、そこのAというホステスと馴染になる。ところがAがある日㋑から㋺という店に移る。Aは当然馴染の客にそのことを伝え、㋺にも来てネと誘うから客は㋺の方へも通うこととなる。ところがそこにはAより魅力的なBという妓がおり、客はBサンのとりこになる。一人や二人の客ではなく何人もの客がBのファンになる。

ところがBがどこかへ引き抜かれる。引き抜かれた先を仮に㋩とすると、Bは馴染客に手紙をまいて、今度㋩という店に移ったからそっちへも来てねと粉をまく。

すると客たちは㋩へも顔を出す。

出すとその㋩には実にチャーミングなCという美女が働いていて客たちはCさんに心惹かれる。

そのCさんが㋩から㊁という新しい店に引き抜かれる。遊び人共は鼻の下を伸ばして㊁という店に行くようになる。

かくて女の魅力に引きずられ㋑から㋺、㋺から㋩、㋩から㊁という川の流れが、気づかぬうちに作られてゆく。

この一本の川の流れにのると彼は中々その流れから抜けられない。義理と色気に引きずられて、まず元気なうちは五年十年、馴染んだその川を漂うことになる。

遊興人の趣味は大体保守的で、惚れた女に義理と未練を感じてしまうから、自分の川が出来てしまうとその川から中々抜けられず悪くすれば一生その川を〝たゆたう〟。

だから同じ川を流れるものは、どこかでしょっ中顔を合わすし、別の流れを流れるものとは一生顔を合わさないのである。

そんな盛り場の行動力学が判ると、それはそれで中々面白く、どうも年中顔を合わせるなと思うものが、いつのまにか友人になってしまうのである。

それはホステスを中心に動くものとは限らず、腕の良い板前や、気っ風の良いバーテンダーを芯にして一つの流れが出来ることもあった。そういう流れの一つに乗って僕のつき合いはどんどん拡がった。

だからといって僕はその頃、脚本家として自分の仕事をまだ完全に見限ったわけではなかった。

「勝海舟」のホンはまだ書き続け、居場所を伏せたまま女房経由で、NHKに送り続けることはしていた。だがその立場は何とも危うく、今にはっきり馘を切られるのだろうなという云い知れぬ恐怖と心細さは常に全身を絞めつけていた。

ＮＨＫから馘を切られたら、僕のキャリアはそこで終わりだろう。もうどこからも仕事は来ないだろう。脚本家人生はそこで終わるのだ。

そういう云い知れぬ恐怖と不安が朝起きると毎日僕を襲い、その不安を何とか払拭しようと連日連夜酒に溺れた。

ＨＢＣの守分さんがそんな僕の姿を心配してくれ、東芝日曜劇場を書かないかと僕にチャンスを与えてくれた。

守分さんのアシスタントをしていた長沼修さんが一人立ちするので彼の為に一本書かないかと云われた。

長沼さんは北大の卒業で北大のオーケストラにかつて属しており音楽のことに強かった。彼が面白い話をしてくれた。

ドボルザークの「新世界より」にはたった一カ所シンバルの音が入る。それもジャーンと派手に鳴るのではなく、チャーンとかすかな音として入るのだ。その一打の為にオーケストラにはシンバル奏者が加わらねばならない。

ある時東京のオーケストラが大阪で「新世界より」を演奏する際に、たった一打のその音の為に一人のシンバル奏者が雇われた。ところがそのシンバルを打つ寸前のタイミングで、一匹の虫が彼の目の前に飛んできた。彼はその虫に目を奪われ、フッ、フッと息で虫を追おうとしているうちにシンバルを打つタイミングを失してしまった。何の為に大阪まで行ったのか。彼は絶望し落ち込んだ。

この話に僕はいたく打たれ、これをドラマにしようと思った。

東映京都撮影所で仕事をした時、かつての名プロデューサーマキノ光雄《みつお》が、あるシナリオに対して云ったという名言が残っている。

「このシナリオには、〝ドラマ〟はあるが〝チック〟がねぇ」

ドラマチックという言葉を分解するならドラマとチックは主食とおかずである。テレビの魅力はむしろチックである。この材料はチックを持っている。

「あぁ！新世界」という脚本が出来た。

僕はせっせと毎晩飲み歩き、殆ど無頼な暮らしを送っていた。

水商売の女たちとつき合い、いつのまにか彼女らの相談役になっていた。

札幌には東京の大会社から単身赴任で送られてくる者が多い。そういうサラリーマンは淋しさに耐え切れず水商売の女の愛人をつくった。

ある日一人の馴染の女が妙に暗い顔で落ち込んでいる。

どうした、と聞いたら、昨日こっそり子供を堕ろして来たという。相手は何と云った

ンだと聞いたら、

「そんなこと相手は知らないよ！」と云う。

「どうして!!」とびっくりしてたずねたら、

「そんなこと教えたら相手は気にして落ち込んじゃうじゃない。私だってしっかり愉しんだんだから自分の責任で黙って処理したの」

「――」

これには唖然とし、そして感動した。

北海道の女は何てステキなンだ！　と。その心根に僕はしびれた。

ある時は一人の若くない女が、僕にしんみりと語り出した。

「水商売の女には、大晦日から正月にかけて自殺しちゃう子が少なくないのよ。何故かっていうとね。どんなに普段好き合っていても暮れから正月には男たちみんな、やっぱり家庭に帰っちゃうでしょ。そうすると急に孤独になっちゃうの」

利那的に出来た単身赴任の愛人も、やがては栄転で東京に帰って行く。そんな時バーの常連たちは、当時流行っていた「ウナ・セラ・ディ東京」という歌の替え歌で「ウナ・セラ・ディ札幌」という哀調の歌を、みんなで合唱して男を送った。

しかしそういう時愛人だった女は、ひっそりと一人カウンターの隅で、グラスを拭きながら涙をこらえている。

そうした時の僕の秘かな役割は、その女のそばに黙って坐り、無言で相手をしてやることだった。

下心なんて全くなかった。

そうやって下層の女の哀しみを、皮膚感覚でどんどん学んだ。

ある暮れには飲み屋で知り合ったソープランドの女たちの陽気な納会に何故か誘われ、底抜けの明るさで歌い騒いだ。

こうして僕は東京にいた時とは全く違う、別の世界の住人になっていた。


そんなハチャメチャにして自堕落な暮らしが半年余り続いただろうか。

NHKは僕を正式に切り、別の作家を立てようとしているという噂が風の便りに流れてきた。それならそれでいいやと思い、僕は益々酒に溺れた。

明け方フラフラとマンションに帰ると、守衛さんは律儀にオカエリナサイと、龍角散の包みを一包くれた。部屋に帰ってその包みを飲み、ついでに二日酔い防止の為の〝サクロン〟を一包水で飲んだ。

僕のそのマンション、カサ・ウィスタリアはワンルームマンションで窓が開かなかったから、密閉されたその小さな個室は、いつも龍角散とサクロンの入り混った異様な香りで充ち溢れていた。

窓の外には北海道の冬が忍び寄っており、時々チラホラと雪花が散り始めた。

そんなある日。

東京のかみさんから電話が入った。

預金の残りが、もう七万になっちゃったンだけど。

さすがにドキッと酔いが醒めた。

考えてみるとNHKからの大河ドラマの金は年三分割で入って来ており、先の分までもう飲み込んでいる。おまけにすすきのの行きつけの店には十軒近いボトルキープがある。それも半分はツケのままである。しかも脚本家としての仕事は、HBC以外全く入らないしもう殆どテレビから干されてしまった状態だ。

転職するしかないと思った。

そこでてっとり早くタクシーの運転手になろうと思った。

居酒屋の隅で飲み友達に打ち明けたら、それは止めろ！　と皆に云われた。あんたの顔はタクシー向きではない。それよりトラックがあんたには向いてる。大型免許をすぐに取り中古のトラックを一台仕入れなさい。農村部に出るとこっちには、畑で収穫した作物を、畑から加工工場へ運ぶ力仕事がいっぱいある。これは儲かる！　トラックにしなさい！

成程！　と変に納得した。

僕はまだ四十になったばかり。体力にはまだまだ自信があった。そういう転職も中々面白い！

そこで早速善は急げ。豊平の教習所にトラックの免許の書類を取りに行った。

その日札幌は朝から寒く、午後になったら雪が降り出した。

脚本を捨てて転職しようと心に決めたら、流石に心に迫るものがあった。

大型免許取得の為の書類を抱えて、狸小路の作業着屋へ行った。

僕には形から入る癖《へき》があって、トラックの運転手になるのなら〝つなぎ〟を着ようと思ったのである。

それを手にしてマンションに帰ると――。

三人の男が僕を待っていた。

おどろいた！

日本芸能マネージャー協会の理事であるプロダクション社長の垣内健二。フジテレビの子会社新制作の嶋田親一。いずれも旧知のテレビ人である。もう一人はやたらニコニコと愛想の良い、初めて逢う見知らぬ若い男だった。

どこで居場所を摑んだか知らないが、遂に発見されてしまった！

部屋に入って話し合いが始まった。最初は垣内氏と嶋田氏の二人だった。

もう脚本家は辞めようと決めたンだと僕が決意を表明したら、冗談じゃない！　と二人が怒り出した。何を云い出すんだふざけちゃいけない。NHKだけがテレビじゃないよ！　あなたを待っている視聴者だっているんだ！

それから延々たる説得が始まった。

実は今フジに一つの枠があり、六人の役者が体を空けて待っている。淡島千景《あわしまちかげ》、加東大介《かとうだいすけ》、高橋英樹《たかはしひでき》、長門裕之《ながとひろゆき》、夏純子《なつじゅんこ》、栗田《くりた》ひろみという錚々たる顔ぶれである。この六人を使って何でも良いから連続物を書いて欲しい。内容は全てそっちに任せる。実は放送枠がもうぎりぎりに迫っていて一刻をも争う状態である。何とかこの場で速断して欲しい。

迫られているうちに心が動いてきた。

何しろ残金七万円である。

テレビ界の悪口を書いてもいいか。と聞いたら、望む所だ、思いっきりやってくれ！

すすきのの借金が目の前をかすめて思わず首を縦にふってしまった。すると二人は最敬礼をし、急いで下から待たせていたもう一人の若いのを呼んだ。すると若いのは満面の笑みで、手をこすり合わせ分厚い封筒を差し出した。

「さぞや御不自由なさっておいででしょう！　これは受け取りも何も要らない金です！どうぞ存分にお使い下さい！」

中をのぞいたらキャッシュで五十万。ピン札が入っていた。こんなに金がありがたく見えたことはない！

中村敏夫《としお》との、それが出逢いだった。

中村敏夫。通称トシオ。

こんなに調子の良い明るい男を、僕はそれまで見たことがない。後で聞くのだがフジテレビでもこんなに調子の良い男はおらず、誰に対しても両手をすり合わせ恥も外聞もなくゴマをするので両手の指紋がすり切れて消えている。そういう逸話のある著名人だった。しかし一方では中々のやり手で、それ以後「北の国から」をはじめ永い相棒となってしまう男だった。

全くこいつの馴々しさと云ったら、最初は僕のことを〝先生〟と呼んでいたのに、一時間も経たぬうちに兄《あに》サンと呼び出し、程なくそれが兄貴と変わり、一晩のうちにアンチャンと変わった。

とにかくこうして引き受けて出来たのが、「6羽のかもめ」というシリーズである。約束した通りテレビの裏側を大胆不敵に思いっ切りすっぱ抜いた。

何しろ僕はこの作品でテレビの世界とはおさらばしようと決意していたから怖いものはもうなんにもなく、溜まりに溜まっていたテレビへの不満を、これでもかこれでもかとシナリオに書いた。すると異なことにテレビ界の人間が、この作品に喝采を送ってくれ、視聴率は全く上がらなかったが玄人の間で評判が昂《たか》まった。

この作品を書くに当たって僕は病気だという理由をつけて大河ドラマを正式に降りた。病気で倒れた脚本家が、ぬけぬけと他局で書くわけにはいかない。そこで「勝海舟」の放送中は、石川俊子《としこ》という偽名（ペンネーム）を使った。

石川俊子とは大河降板の大元の理由となった渡哲也の奥さんの結婚前の実名である。ところが何の因果からか「6羽のかもめ」の脚本が、即ち石川俊子サンが、ギャラクシー賞をとってしまったのである。

渡夫人に電話して、あんた賞をとっちゃったから授賞式に行って頂戴と申し上げたら、冗談じゃないわよ！　と怒鳴られた。

かくして僕は幸か不幸か、不死鳥のように蘇ってしまった。

トラックの運転手になるという計画は、札幌の雪の中に溶けて流れた。

これは後になって聞いたことだが、トラック運転手を決意した時、女房は女房で女優を辞めて、ビルの掃除婦になる決意をしたらしい。

無頼者の亭主を持ってしまった哀れな女の悲しい哀話である。

こうしてとにかく僕は生き返った。


「6羽のかもめ」はそんなわけで、破れかぶれなテレビへの怨念を、遠慮会釈もなく画面にぶつけた。

なにしろもう干されると判っていたからいわばヤケクソで恐れるものがなかった。

そしてその最終回「さらばテレビジョン」。

——テレビが視聴率競争の末にどんどん俗悪化して行って、ついに一九八〇年、政府は国民の白痴化を防ぐ為にテレビ禁止令を発令する！

(一九八〇年!!　既にその年をはるかに通り過ぎてしまった……)

テレビ局は全て閉局。各家庭のテレビ受像機は全部没収、日本海溝に破棄！

その最後のシーン、テレビ界終焉のラストパーティーで、酔っぱらった一人のテレビライターがカメラに向かって火を噴くように叫ぶ。

「テレビに於けるドラマの歴史は、くさされっぱなしだった。いいじゃないか！

その通り!!　テレビドラマに芸術はなかったさ！　徹頭徹尾芸術はなかったさ！　いいじゃないか！　上等だ！　上等だよ君結構だ!!　俺の愛したテレビドラマは最後まで下等な娯楽品として――下品な――悪趣味な代物だったさ。

（中略）

オヤ、もう看板ですか。ついにテレビの看板ですか。いいでしょう。乾盃！　さらば！　さらばスタジオ！

さらば視聴率！　そうしてさらばテレビジョン！

（カメラの方を指す）あんた！――テレビの仕事をしていたくせに、本気でテレビを愛さなかったあんた！

（別を指す）あんた！――テレビを金儲けとしか考えてなかったあんた！

（指さす）あんた！　よくすることを考えもせずに偉そうに批評ばかりしていたあんた！

（指さす）あんた！　それからあんた！　あんた!!」

山﨑努が熱演してくれた。

捨てる神がいれば拾う神もある。

「6羽のかもめ」で終わりかと思ったら、ここで一人の拾う神が現われた。

ショーケン、萩原健一である。

ショーケンは当時「傷だらけの天使」で最も人気のある若手スターだった。

そのショーケンが日本テレビに新番組を頼まれたとき、僕が書くならと条件をつけてくれたのだ。

この時代テレビは視聴率を取れる人気タレントを摑むことが何より一番と考えていた。人気タレントの出す条件には無条件にそれに応じたものだ。局は僕という危い作家を使うことには警戒心を抱いていた。だが人気スターがそれを望むなら一も二もなく応ぜざるを得なかった。だからその頃の僕の仕事は、テレビ局から注文されるよりスター自身から頼まれるものの方が多かった。高倉健《たかくらけん》さんの「あにき」（TBS）然り。石原プロの「大都会―闘いの日々」（日テレ）然り。NHKとケンカしたことは、まだ歴然と尾を引いていた。

その頃僕はスターのキャスティングの位置について一つの考えを持ち始めていた。

映画にしてもテレビにしてもスターの役廻りは常にヒーローであり、出演者の中で絶対的立場にあり、誰よりも強く誰にも負けない。即ち役として絶対的な位置にいる。

高倉健さんの任侠物の立ち位置だけが他のヒーローと少しちがっていた。

健さんの役には必ず役の上で彼より上位の者、即ち頭の上がらない者がいて、その人物を尊敬すること、その人に忠節を尽し切ることで彼のキャラクターを光らせていた。

このことは実は重要なことではないか。

人はトップに位置することより、頭の上がらない者を持つことの方がそのキャラクターを光らせるのではないか。

そういう考えをショーケンに話した。

ショーケンはそのことをすぐ理解した。

そこでショーケンを下っぱに位置させ、頭の上がらない人間をその上にいっぱい配することにした。

「前略おふくろ様」

下町深川の板前の話である。しかもまだ下っぱ。板長に梅宮辰夫《うめみやたつお》を配し、先輩の板前に小松政夫《こまつまさお》、料亭の若女将に丘《おか》みつ子、更にその上の大女将に北林谷栄《きたばやしたにえ》、恐ろしい鳶の小頭に室田《むろた》日出男《ひでお》、更にその下に川谷拓三《かわたにたくぞう》、長髪だった髪をばっさり切らせ山形から出てきたての修業中の板前の役をショーケンに当てて書き下ろしたら、この目論見がぴったりとはまった。

「前略おふくろ様」では永く決めていた日活時代からの一つの掟破りをした。禁じ手と云われていたナレーションを思う存分使ったのである。実はこれにはその少し前に観た山田太一《たいち》さんの「それぞれの秋」、その中に出てくる小倉一郎のナレーションに刺激されたところがあった。それと。

その頃付き合いを始めさせていただいた、高倉健さんの言葉の少なさに、かなりの衝撃を受けたこともある。

健さんは極端に無口な人である。五分や十分会話に「間」が出来ても、実に悠然としゃべらない。その間に何か考えているのか。それとも何も考えてないのか、そこのところが全く判らない。

山形の田舎から東京に出てきて、ズーズー弁にコンプレックスを持つ一人の青年が、怖《おび》えの余り言葉少なになり、しかし実際には心の中にしゃべりたいことが山程ある。その心の中の秘かな言葉をナレーションとしてボソボソしゃべらせたら、面白い効果が出るのではあるまいか。そう思って訥々たるナレーションを多用した。その会話体には、かつてニッポン放送時代にアシスタントとしてついたことのある山下清の「裸の大将」。あの山下画伯の少しつっかえ気味な訥々たる口調を盗ませていただいた。

これは面白い効果を醸し出した。この成功に味を占めて、僕は後年「北の国から」で同じ手法を使うことになる。

「前略おふくろ様」は実を云うと、ショーケンが唄ったが埋もれていた「前略おふくろ」という一つの歌を元にしている。

くにに残して来て手紙も書いていない老いたおふくろに対して呟く、田舎出の少年の悔恨の歌である。

この歌を聞いて久しぶりにおふくろのことを思い出した。

思えばおふくろの死んだ直後、激情にまかせて一気に書いた「りんりんと」という一つの鎮魂歌。あの作品はそれなりに心の〝たけ〟を書いたものだったがテレビとしては些《いささ》か暗すぎた。大衆の娯楽であるテレビというものはもっと明るいものであるべきだった。

そういう反省を心にこめて、もう一度だけおふくろを書こうと思った。

おふくろが死んだ時トランクの底にひっそり眠っていたおやじのラブレター。それを見た衝撃と殴られたような感覚。おふくろにも昔若くピチピチした青春時代があったのだという発見。

前略おふくろ様、オレは、あなたの青春を知りません。

「前略おふくろ様」は成功し、いくつかの賞をいただいた。

この作品のおふくろ役を、僕は再び田中絹代さんにお願いした。絹代さんは快く引き受けて下すった。絹代さんとの関係は次第に母と子のようなつながりになっていた。

「前略」は倖い好評でパートⅡの制作もたちまち決まった。今度の作品には八千草薫さんが出て下さった。絹代さんはかなり体が弱ってこられていて、ナレーションだけの出演に決まった。

この頃僕には父親代わりとも云うべき、一人の大切な心の師が出来た。

その人にある日こんこんと諭された。

お前はすぐ図にのって天狗になってしまう欠点がある。これからは常に自分の絶対頭の上がらない人を三人持ちなさい。自分がたとえ黒と思ってもその人が白と云えば白だと信じ切ることのできるような人を。

この教えは強烈に心に響いた。

その通りだと強く思った。

若くしておやじを失った僕は、以後その言葉を座右の銘にしている。

今、八十歳をとうに通過して、尊敬する三人はどんどんあの世へ行くが、すると空いた席にもう一人を迎える。今や三人のうちの二人は、僕より年齢が若くなっている。

その頃。

一九七〇年代後半。

僕は相変わらず北海道札幌に〝でん〟と腰を据えたままだった。「前略おふくろ様」の間は、毎週東京に本読みに出たが、親しい役者とたまに飲むぐらい。殆ど業界とは距離を置いていた。

「前略」は板場の話だったから本読みが終わると必ず渋谷の行きつけの小料理屋に顔を出し、その店の親方や板さんたちと三時四時まで飲んで勉強し、それから一緒に築地の河岸《かし》へ行ってその日の買付けに付き合った。それから早朝の河岸の寿司屋でその朝の新鮮な魚を頬張り、羽田空港へそのまま直行して札幌に舞い戻り、マンションに辿りついてバタンと床につく。それが毎週の日課だった。

板前さんたちの暮らしや心情を奥の奥まで探る日々だった。

そして灯がともると又ぞろすすきのに、ふらふらと一人で飲みに出るのだ。

僕の行きつけの炉端焼きの店樽平は、知る人ぞ知る札幌の粋人の一寸した溜まり場で、壁に安部公房の直筆の色紙、〝昨日樽平は札幌の足音〟という中々味のある書がかかっていた。

この店の女将も一寸した歌詠みで〝マッチの灯　男恋してしまいけり〟などという中々な句を軽く作っていた。

この頃、実はバブルの足音がひそかにすすきのに忍びこみ始めていたらしい。飲んでいると毎晩のように火事が起こった。

消防車のサイレンが鳴ると、火事好きの女将と僕は、競うように表にとび出した。そして火事場を見学し、店へ帰ると今日の火事は今一だったとか、今夜のは久しぶりに良い火事だったとか、悲劇を肴に論評していたのだ。

そのうち知り合いの道警の刑事から只ならぬ一つの情報が入った。

近頃毎晩のようにすすきので起こる火事。あれみんな地上げ屋による放火ですよ。奴ら交渉しても立ち退かない家があるとすぐ火をつけて燃しちまうんです。それが証拠に火事の跡から黒焦《こ》げになったネズミが出てきます。野郎共ネズミをアルコール漬けにしてそこに火をつけて立ち退かない家に放すんです。ネズミは苦しんで板壁の間を走り廻りますから木造住宅はすぐ火事になります。

たしかにすすきのの木造店舗は、目に見える形で減り始めており、代わりに鉄筋コンクリートの、新しい街が生まれつつあった。

この頃僕は、樺太引き揚げ者の女将との会話から一つの話を発想しつつあった。

樺太帰りの一組の老夫婦が、昔棲んでいた樺太・真岡《まおか》の市街図を、記憶を辿って描き始め、それが生き甲斐になっているという話である。

かつて認知症の進んだ母が、昔戦時中にいた岡山の山村の情景をばかにはっきりと記憶していて驚かされたことがあった。そのことに結びつけてこの話を発想した。

「幻の町」。演出守分寿男（ＨＢＣ）。

そのドラマには田中絹代さん、笠智衆《りゆうちしゆう》さん、桃井《ももい》かおり、室田日出男らが出演し、特別出演として北島三郎《きたじまさぶろう》が出てくれた。

凍てつくような日の小樽でのロケだった。

激しい吹雪の吹きすさぶ中でサブちゃんの到着がかなり遅れていた。しかし凍てつい た埠頭にはサブちゃんを待つ大群衆が文句も云わずじっと立っていた。彼らの目当ては絹代さんでも笠さんでもなく北島三郎只一人だった。どうしてサブちゃんは北海道でこ こまで圧倒的人気があるのか。寒さに震えつつ不思議でならなかった。

遠くから地響きのような喚声が起こった。

北島三郎が到着したのだ！

遠洋漁業で何カ月も厳しい北の海へ出ていく漁師たちが、必ず持っていく音楽テープは、北島三郎と都はるみ。その二人しかいないという話を、すすきので何度か聞かされたことがある。

荒れ狂う北海の海の上では、二人の歌しか通じないというのだ。

「幻の町」で知り合った後、彼と親しい中村敏夫から頼みこんで、サブちゃんの巡業に付き人としてついて行くことを許可してもらった。

全ての道民から何故そのように彼は愛されているのだろうか。その理由を何とかつきとめたいというのが付き人を志願した単純な理由《わけ》である。

一月下旬、函館《はこだて》から始まって、連絡船で大間《おおま》に渡り、むつ、野辺地《のへじ》、青森、黒石《くろいし》、弘前《ひろさき》と、厳冬期の彼の巡業に、末端の付き人として同行させてもらった。

会場は殆どが体育館である。

午後一時からの開幕に、老若男女様々な人が十一時頃から影のように吹雪の中を集ってくる。彼らは一様に大きな風呂敷包みを背中いっぱいに背負ってくる。会場につくと背負って来た座布団、毛布、毛皮などを出し、演壇ぎりぎりから場内いっぱいにギッチリ敷いて坐るのだ。窓ガラスに張られた黒幕は風にあおられ、時折吹雪が吹きこむのだがそんなこと一切おかまいなし。そして華やかにショーの幕が上がる。

ショーは二部制で一部はヒットパレード。そして第二部がリクエストコーナー。これが滅法面白かった。昔自分は渋谷で流しの歌手をやっていた。だから二千曲位の歌は覚えてる。何でも良いからリクエストしてくれ！　待ってました！　と客たちが叫び出す。

それを一人一人巧みに捌《さば》きながら次々にリクエストに応えて行く。十番まである歌は十番まで歌い切る。一人一人の客とのやりとりが一々歯切れよく、笑わせ沸かせながら、確実に客を掌中のものにしている。よくきくと香具師《やし》の啖呵売《たんかばい》。即ち寅さんのあの威勢良い口上の口調である。相手の年齢も身分も全く斟酌《しんしゃく》せず、どんな客にも平等の客として学識も何もなく対応して行く。

彼の人気の秘密はこれだな、と思った。

考えてみると僕の脚本は、どこかで大学出のエリート意識を捨て切れず、プロデューサーや評論家、特殊な観客を対象にして書いている。これでは大衆はついてくるわけがない。

頭をガツンと殴られた気がした。

その頃僕はようやく本気で、北海道移住を考え始めていた。

札幌とそして北海道民のおおらかさに、僕は心底惚れこんでしまっていた。あらためて東京で暮らすことなど毫《ごう》も考えられない気持ちになっていた。

只、札幌には住みたくなかった。

札幌はどこか都会的だったし、何よりも肝臓に良くない所だった。それでひそかに終《つい》の棲家にする新しい天地を探し始めた。

条件はまず天然林の中に住むこと。できれば沢が流れていること。四季の温度差が激しくて、夏と冬が明快に分かれていること。

何人かの飲み仲間が親身になって僕の理想の地を探してくれた。

中標津《なかしべつ》にも行ったし根室《ねむろ》にも行った。

北海道中を一年半廻った。

友人たちがつき合ってくれた。

その結果積丹《しゃこたん》から岩内《いわない》にかけての日本海の景色が心に灼きついた。

「先生、奥さんは一緒に来るのかい？」

「いやまず最初は一人だろうな。かみさんは女優の仕事があるし」

「ンだべな」

そこで友人は声をひそめる。

「するとやっぱりこっちに一人、現地の女が必要になるな」

「そうかな」

「そりゃそうだべ。先生まだ四十を出たばかりだべ。一人じゃとても辛抱できんわ」

「そういうもンかな」

「そういうもンだ。だとすると地名から選ばにゃいかんな」

「どうして」

「だって余市《よいち》に女こさえりゃ余市妻。忍路《おしょろ》に妻をこさえりゃ忍路妻。忍路妻の方がずっと詩があるぞ？　だったらやっぱり忍路に住むべきだと、おいらそんな風に考えちまうな」


勝手なことをあれこれ云われて、積丹の美国《びくに》に決まりかけたが、生憎土地が岩盤で水が出なかった。そこであきらめて又ゼロに戻った。


ところで。

もう大分前。三十代の中頃から、物を書くことについてプロデューサーやディレクター、あるいは本なら編集者と、最初に約束する取り決めがあった。

それは、出来上がったホンを真先に、僕の目の前で、彼らに真剣に読んでもらうことだった。

ホンを書くのが僕は速い。

実は速いのではなく、遅れないように懸命にがんばっているのである。

総合芸術である映画やテレビの場合、ホンが全ての起点になる。起点が狂ったらみんながが迷惑する。ある場合には製作スケジュール、製作費にまで大きく関わる。

僕は几帳面で小心な男だからそういう迷惑だけはかけたくなかった。

そもそも、速い、安い、うまい、をセールスポイントとして書き始めた頃から〆切りだけは破ったことがない。徹夜してでも推敲を重ね、良いホンをみんなにお届けすることを最高の使命だと考えている。

ところで最初に出来上がった、湯気の立っている状態の原稿を読んでもらうのは、まずプロデューサーかディレクターである。出版の場合は編集者である。だから彼らにはまず目の前で読んでもらい、その時の彼らの反応・表情から、ああダメだ、とか、オ！乗ってくれたとか、出来の良し悪しを素早く見極めたいのである。見極めてテキの反応が悪かったら全てを破り去り直ちに第二稿に移りたいのである。

北海道に移ってしまって目の前で読んでもらうことがムリになってからも、ホンが届いたら即読んでもらってその反応を直ちにうかがい、次の対処をせねばならぬのである。

ところが、こっちが如何《いか》にがんばって、徹夜で仕上げたホンをさし出しても、礼儀を知らない不埒《ふらち》な者は、ホンを読みながら雑談を始めたり突然思い出して電話をかけ出したり、ちっとも読むことに集中してくれない。これは無礼である。限りなく礼を失している！

そういう時ホン屋は内心カッカとし、そのカッカがやがて高温に昇り、遂に発火点に到達するといきなり火を噴き爆発するのである。

これが我が敬愛する大先輩阿川弘之先生の〝瞬間湯沸かし器〟の原理である。

こういう時僕は突然爆発し、相手から読みさしのホンをいきなりひったくって帰ったこともあった。相手はキョトンと只びっくりしていた。こっちの心情が判らないのである。一夜を賭して睡魔と闘った必死の努力が、全く理解できていないのである。

こういうトラブルが何度かあった。

ある時はカッとしてテキの読みさしのホンをひったくり、一挙に原稿を破ろうとしたが無念なことに百枚近い原稿の束はそう簡単には破れるものではなかった！

その晩僕は口惜しさの余り、電話帳を使って分厚い原稿を一挙に破る術を練習した。何時間かかってその手法を開発した。

あれはいったん両側から束を押し、然る後左右に思いっ切り引き裂くと百枚近い原稿の束が一挙に真二つに裂けるのである。

それをある時実践したらプロデューサーは腰を抜かした。そのまま席を立って家へ帰ってしまったら、彼は蒼くなって家まで追って来て初めて自分の非礼を詫びた。そこで僕は物書きの書いた最初の一稿がホン屋にとって如何に大事なものか、どんなに神聖なものであるかを、懇々切々と説明し、以来彼は初稿をホン屋の目前で真剣かつ真摯に読むことが如何に重大な儀式であることかを理解し、以後「読み道《どう》」という言葉が生まれた。

この言葉を創ったのは「2丁目3番地」を演出した日本テレビの石橋冠氏であり、程なく彼は「読み道」の〝宗家〟と自ら名乗った。その後フジテレビの中村敏夫が、この「読み道」の神髄を理解し、彼には〝家元〟の称号を与えた。

最初に出来上がった本を読む者は、この世で初めての視聴者であり読者である。彼の最初の反応の良し悪しは作品の出来に大きく響くのだ。

「読み道」という言葉は市民権をやや得たが、クラモトは甚《はなは》だ暴力的である。気をつけろという悪評も高まった。

移住計画は粛々と進んでいた。

その後も知床《しれとこ》の羅臼《らうす》とか、十勝《とかち》とか様々な土地を歩き廻ったが、意外なことに北海道には自然林が中々見つからなかった。

戦後復興の建築ブームで原生林は殆ど伐られ、残っているのは国有林と、東大、北大他の演習林ばかりだった。殆どが新しい人工林であり、石炭ブームによる鉱山の隆盛で、坑木用のカラ松林が、どこへ行っても拡がっていた。

そんなある晩すすきのの樽平で、隣に坐った見知らぬ人物が突然一つの地名を持ち出した。

「フラノ？　フラノって知ってるかい？

「フラノ？　洋服の布地の産地ですか？」

富良野という地名を初めて聞いた。

東大の北海道演習林の拡がる土地で、そこに市の所有する自然林の中に文化村を作る構想があるという。

「行ってみるかい？　案内してあげるよ」

初対面である小川東州《とうしゅう》というその書道家が親切にも僕に切り出してくれた。

案内された富良野のその森はかなり荒れ果てて熊笹に覆われ、傾斜したすぐ下に清流が流れていた。

シラカバ、ナラ、ニレ、ハン、タモ、カエデ、直径四～五十センチはある雑木たちの幹にはブドウやコクワの蔓がからまり、その幹にはすべり下りたらしいクマの爪痕があちこち無数に残されていた。

「ここらはクマは大丈夫ですか？」と聞いたら案内してくれた寅サンなる市の人が「いやァ大丈夫だ。ここらのクマは気立てが良いから」と、いとも豪快に云い放った。

いっぺんでこの土地が気に入ってしまい、そこに住むことを即座に決めていた。

それが思えば人生の後半をそこに根を下ろす富良野という地との、初めての運命的出逢いだった。

土地を買ったらもう金が無かったので、斜面を掘りこみ竪穴住居を自力で創ろうかと思ったのだが、笹を刈ったら岩だらけの土地でとても太刀打ちできるものではなかった。岩の間には肥沃な土があり、先住民のものらしい黒曜石の鏃《やじり》がゴロゴロ出てきた。

やっぱりプロに頼むしかないと小さな小屋を建てることに決め、もうしばらく札幌のマンションに戻って最後の都会暮らしを楽しむことにした。

丁度「前略」の最終章にさしかかった時で、おふくろ様の訃報が届き、その葬式のシーンを書き終えたのが三月の初め。

日本テレビに原稿を届け、いつもの〝読み道〟の儀式を済ませ、その頃体調を崩されてしばらく病院に入院されている田中絹代さんを見舞いに寄ったら小林正樹《まさき》監督が来ておられて、一寸ロビーで話しましょう、と云われた。

身寄りの全くない絹代さんには、小林監督が只一人の面倒を見ている遠い親戚だった。

「もう一月《ひとつき》も持たないんだそうです」

いきなり云われて、エ!! と絶句した。

「癌がもう脳まで冒し始めてるそうです」

「――!!」

「一週間か、後十日か。一月《ひとつき》は無理だと医者に云われました」

頭がいきなり真白になった。

おふくろ様の訃報の届くシーン。続いて山形でのその葬儀のシーン。そのホンをたった今局に届けたところである！

「ついては少し相談があります」

小林さんが声をひそめ、云った。

小林正樹さんの相談というのは、余りに意外すぎて言葉を失った。

「実は絹代さんには今もう全く金がありません。鎌倉山の家も抵当に入っていて、銀行も金を貸してくれません。三崎に建てかけの別荘がありますが、この病院代も僕が代わって払っているところです。東和映画の川喜多《かわきた》さん夫妻が今心配してとび廻って下すっているところですが、倉本さんも一緒に相談にのってもらえませんか？」

一体どういうことであるのか！

昭和を代表する大女優の、それが現実の姿だという。余りのことに言葉も出なかった。

それから川喜多長政《ながまさ》・かしこ夫妻と小林さんと急遽四人で相談した。三崎の渚に建設中のまま金が続かず放置された別荘を、何とか買い取ってくれないかと云われたが、富良野に土地を買ったばかりの僕には何とも手立ての術もなかった。

絹代さんは男ばかり元々十人近い兄弟がいたと聞いていたが、戦争前後に皆死んでいた。それぞれ独身のままの不幸な死であり、係累《けいるい》は一人もいなかった。その後始末に昭和の大女優は鎌倉山に持っていたいくつもの山林を全てきれいに売り払っていた。小林さんは辛うじて一人、かなり離れた親戚だったのだ。

一世を風靡したこの大女優が、誰もが想像することのできない孤独と貧困の中で死を迎えようとしている。

実は僕にはその時もう一つ、人には云えない恐怖があった。

絹代さんは「りんりんと」で、まるでおふくろの憑依したような、おふくろの霊ののり移ったような鬼気迫る演技をして下すった。

おふくろの死んだのは三月十九日である。

その日に絹代さんは逝かれるのではないか。そう思ったら全身が震えた。

三月十九日は土曜日だった。その前日の十八日。「前略おふくろ様」ではおふくろの訃報の来る回が放映される。そして翌週の二十五日がおふくろの葬儀の回である。

十八日は札幌のマンションで祈るような気持ちで訃報の来る回を見た。十九日はたまらず富良野へ飛んだ。ホテルの部屋の電話は鳴らなかった。二十日も無事に過ぎ二十一日の午後三時前。東京のかみさんから電話が入った。

田中絹代さんが亡くなったと聞いた。

その日は飛行機がもう間に合わなかった。

二十二日、羽田から鎌倉に直行した。

その晩鎌倉山の田中絹代さんの家で、小林さんと僕と、絹代さんがずっとボディさんと呼んでいたボディガードの隼新吉《はやぶさしんきち》さんと三人朝まで酒を飲んで過ごした。

昔、松竹大船の習慣で、女のスターにはボディガードを兼ねた大部屋の男優がつけられたという。新吉さんはそういう形でずっと絹代さんのそばにいた人だった。

そこは大女優の家というには、あまりに寒々とした小さな部屋だった。旧型の、ダイヤル式の小さなテレビが一台。これもダイヤル式の、時代おくれの電話器があった。電話をかけるといつもモシモシと警戒した声で電話をとり、僕だと判ると急に明るくアラ！　と返事のトーンが変わった。あの電話はこの部屋でとっていらしたんだな、と知れた。

スターと云われる人と電話で話す時、相手の今いる部屋の情況を僕はどうしても想像してしまう。鎌倉山の丘の上にあるという田中絹代という大女優の家は緑の芝生に囲まれた陽だまりの中にいつも静かにたたずんでいると、そういう姿で想像していた。実際の姿はおよそちがった。裸電球が只一つぶら下がる、あまりに寒々とした小さな部屋だった。

続々と続いていた献花の列が途絶えると、後はしんとした鎌倉山の夜になった。

僕ら三人はさしたる話題もなく、しんと眠っている大女優の死に顔を前に、時々線香を変えローソクの火を足して遺体の前で酒を重ねていた。

突然唐突に小林さんが、終戦時の関東軍の話をし始めた。

「武装解除されアメさんの捕虜になって日本に帰されるところだったんです。ところが沖縄の捕虜収容所の員数が足らんということが急に判りましてね。健康なものが百五十人選ばれていきなり沖縄に廻されちまったンです。

廻されたンだけどやることが殆どない。瓦礫の片づけを日中からやらされて後はごろごろ二千人の捕虜がカマボコ兵舎でぼんやり過ごしている。これじゃいかんと将校が云い出して、劇団を作って芝居でもやろう。そこで突然私に白羽の矢が立ちました。

応召前お前、映画会社にいたんだろう。

これから一つ劇団を作って、貴様毎月芝居を作れ。役者になりそうな奴を何人か集めて、脚本を書いて毎月一本上演しろ。やることがなくてブラブラしとるのはどう考えても衛生上悪い。急遽劇団を作ることになりました」

　小林正樹監督の話は続く。「芝居って云ったって全員素人です。第一全員男ですから女をやるものが誰もいません。仕方ないから細身の奴を何とか説得して女形にしたンです。ところが野郎だけの世界ですから女の姿を久しぶりに見て変に全員生唾を飲みました」

「芝居は意外にも好評でした。何にも増して女形の姿が圧倒的に野郎の気を惹いたンです。噂を聞いて米軍キャンプから黒人兵が来るようになりました。あいつら妙に興奮しましてね。そのうち女形が拉致され始めました。戦勝国ですから有無を云わせません。朝まで拉致されてボロボロになって帰されてくるンです。その際タバコとかカンヅメとか土産をいっぱい持たされて来ました」

　そのうち噂は白人兵に伝わり、黒人兵は追い出され、白人兵がどんどん来始めた。限られた数の女形たちは次々に拉致され犠牲になった。勿論土産はたっぷり持たされた。

「情況というものは恐いもんです。同性愛というその風潮がいつのまにか日本兵の間に拡がりました。アッという間です！　大体九十から九十五％位、そういうコトになっちゃったんじゃないかな。僕は芝居に忙しくて倖いそういうことにはなりませんでしたがね」

やがて帰国が果たせることになり、引揚船から内地が見えてくると、船上はえらいことになっていたそうだ。船内のあちこちで恋人同士が抱き合い、涙を浮かべてチュッチュチュッチュと。ところが船が岸壁につき、タラップの下に迎えの家族の姿が見えると、まるで夢から醒めたようにバーッとそれぞれ散って行ったそうだ。

「あれから何十年。みんなそれぞれ良い齢になって社会的地位も上がっています。社長になったり部長になったり。

戦友会というものが時々今も開かれるんです。偉くなったみんながそれなりに老けて貫禄をつけて最初は坐ってます。ところが酒が廻り座が乱れてくるといつのまにか昔のカップルがしんみり寄りそって語り合ってるンです。あの頃はお互い純粋だったね。ネ」

明け方、玄関のベルが鳴った。

出てみると年老いた往年の二枚目俳優が真剣な顔で扉の所にいた。

「昨夜弔問に参ったンですが、香典の袋に果たして金を入れたかどうか、不安で一晩中眠れなくって。すみませんが調べて戴けますか」

絹代さんの葬儀はその翌々日、築地本願寺で大々的に執り行われた。

新旧とりまぜた芸能界の大御所小御所が、朝早くから本願寺に集まり、周辺は激しいラッシュになった。

それにも増して目を引いたのは、境内いっぱいに溢れるように集まった無名のファンたちの群衆の数だった。何故か一様に背が低かった。

葬儀委員長は松竹の城戸四郎《きどしろう》社長。

式と弔問は昼前まで続き、昼近くになってやっと収まったが、無名のファンの大群衆は境内を埋め尽くしたまま動かなかった。

あの人たちにも焼香をしてもらおう。

誰かが云い出し祭壇の前に急遽新しい焼香台を倍近い長さに増設し、ファンたちの群に入ってもらった。

巾広いその列は延々と続き一時間以上絶えることがなかった。

その列がようやく終わったのが一時すぎ。堂内は濛々《もうもう》たる煙に覆われた。その煙が少しずつ消えて行った時。

あれは何だ！　と誰かが呟いた。

煙の消えて行く焼香台の上に、無数にキラキラと光るものがあった。百円玉十円玉五十円玉。

それは無名のファンたちが絹代さんの霊に勝手に捧げた〝気持ち〟の山だった。

斎場の表には香典受付所があった。だがそれはあくまで有名人たちのものであり、無名人たちにはそこに捧げる香典袋の用意もなかったし、資格もないと思ったにちがいない。そう考えた無名のファンの一人が自分の気持ちをコインに託した。それを見た人が我も我もとそれに倣《なら》ったのだ！

香典というよりそれは、賽銭だった！

亡くなった女優への賽銭だった！

胸の中がふいに熱くなった。

涙が鼻と目から溢れた。

絹代さん、やっと報われましたよ。一生を賭してあなたのなすった仕事が、こんなに素晴らしいファンたちの心で、やっと、ようやく報われましたよ。

僕らはみんなでそのコインを集め、絹代さんの墓に遺骨と共に納めた。

一九七七年、昭和五十二年の、それが三月の出来事だった。

同年秋。都会の生活に終止符を打ち、僕は富良野に移住した。

女房はまだ東京で仕事が残っており、とりあえず一人で出来上がった山小屋に、一夜を過ごそうと森へ入った。

九月中旬の、うす寒い日だった。

工事の手ちがいで電気が通ってなく、陽が落ちたらたちまち闇に包まれた。

闇。

全くの、真の闇である。

都会のようにどこかにかすかな、街の余光とか街灯の反射とか、光に類するものが一切なく、しかもその日は曇天だったから陽が落ちたら完全な闇に包まれた。

自分の今いる位置が判らない。

掌を見つめてみようとするが、自分の手の先が全く見えない。頼りになるのは微かな心細い懐中電灯の光の輪とロークの小さな炎のみである。

心細いとか淋しいとか、そんなレベルのもんじゃない。視界を全く失ってしまった恐怖は人間を心底震え上がらせる。

一九七七年、今から四十六年前の、荒れ果てた森の中の一軒家である。

風の音だけが家をゆする。

枝の折れる音、かすかな動物の足音、ささやき、魑魅魍魎《ちみもうりょう》がこちらをうかがうひそかにして無気味な初めての気配。昔おやじの太い腕に抱かれて原野のテントで夜を過ごしたあの感覚とは全くちがうどうしようもない恐怖と心細さに全身が震えてちぢみ上がった。

シュラフにもぐりこみ、羊の数を数えようとしたがそんなもの屁の足しにもならなかった。ウィスキーが簡単に一本空いた。

闇の恐怖。

自然の怖さは色々味わったが最たるものは闇の恐怖である。それは今でも全く変わらない。

結局一晩中一睡もできず、どこかで小鳥が啼いた気がして恐る恐るシュラフから首をのぞかせると、森の輪郭がうっすらと浮き上がり、やがてその輪郭をほのかな茜色がゆっくり染め上げてくれ始めた。

陽の出が近づいた！

太陽がちゃんと、忘れずに出てくれた！

そう思ったら一気に気がゆるみ、突然襲ってきた睡魔のふところに僕は身をゆだね、気を失った。

それが最初の、富良野の夜だった。

果たしてこんな恐怖の刻《とき》をこれから毎晩味わうのだろうか。

そう思ったら心が震えた。

第三章

荒野へ

富良野は森の中の町である。

その三分の一が東大の北海道演習林で、東洋一と云われる原始の森がその中央を占めている。

僕の棲みついた文化村は、その中に残った市の所有する天然林を十二分割した山腹の森であり、木を伐ってはいけない、塀を立ててはいけない、電気は通してやるが、水は流れている沢から引けという、何ともおおらかな分譲地だった。

大体住所というものが恐ろしい。富良野市字××。只それだけ。番地は？　と聞いたら番地はないという。つまり番外地であるという。富良野市字××番外地。網走以外にも番外地があるんだと初めて知った。

そもそもこれは演習林の元林長、どろ亀《がめ》さんこと高橋延清《のぶきよ》先生が、人と森とがどの位の比率で住み分けたらうまく行くかという一つの実験として開かれた村だった。僕の行った時には「あざみの歌」「さくら貝の歌」で有名な作曲家八洲秀章《やしまひであき》さんが一人その森に住んでおられ、僕は二人目の入植者となった。

どろ亀さんは不思議議な老人で、三十年以上東大に奉職しながら本郷の教壇に立ったことがなく、朝から酒をひっかけて森を観察して歩いているという何とも見事な仙人のような方。普通大学を退官される時には、さよなら講議というものをして華々しく送られて去るものなのだが、一度も教壇に立ったことがないものだからさよなら講議もさせてもらえず、流石に一寸淋しいと飲み仲間の富良野の市長にボヤイたら、そんならこっちですりゃぁいいべさ。さしてくれるかい？　オラが段どる、と。演習林の中にある三の山小学校という、生徒三人先生が五人、もうじき廃校になる小学校で、生徒とPTA十人ばかりを相手に、二時間に及ぶ感動的講議をされて、今でもその話は語り草になっている。

そんな巨人とまず知り合った。

先生は僕の噂を知っておられ、流れてきた僕をいかにも嬉しそうに、クラさんはバカだからとほめていただき、あちこち演習林を連れ歩いて森の〃いろは〃から教えて下すった。

この先生ともう二人の爺様、萱野茂《かやのしげる》というアイヌの長老と、井上のじっちゃんという、人類の限界、殆ど類人猿に近い容姿をした爺様が、森に関する僕の師匠となる。

そんな出逢いから僕の初めての野性の暮らしがスタートした。

自然の中で暮らすと決めた時、まず自らの掟としたことは、以後生きることは自分のチカラでやろう、文明の力を借りるのは可能な限り排除しよう、ということだった。

事実ここでは知識というものは殆ど役に立たなかった。

それより大切なのは、まず智恵だった。

自力でやるぞ！　と張り切ってはみたものの、四十過ぎまで都会の垢にどっぷり浸ってしまっていた我が身には、やれる能力が余りにも欠けていた。

わが家につながる森の林道に大きな岩が顔を出していて尖ったその角がジープの車輪を傷つける。取り除こうと思ってもでかすぎて僕の力ではどうにもならない。

遊びに来ていた農家の青年に、どうしたらいいかと相談したら、しばらく黙って考えていたが、

「やらねばならんなら、やるしかねぇべ！」

「どうやってやるんだ。重機も何もないンだけど」

すると又しばらく考えて、

「スコップで岩のまわりを掘る。丹念に掘りこんで岩の外形を地上に出す」

「で?」

「丸太を二本探してきて、そいつを挺子にして四方からグズグズ少しずつ持ち上げる」

「——」

「それを丹念にくり返したら一日三センチ位動くんでないかい?」

「!」

「十日もやったら一メートルくらい動くべサ」

「——!!」

これには思わずひれ伏した。

一日三センチ十日で一メートル。これは都会の常識で云ったら、もう動かないという範疇である。だがよく冷静に考えてみると一日三センチは動いた、ということである。それを無理だとあきらめてしまうところに都会人の愚かなあやまちがある。そのことに愕然と気づかされたことに、僕は思わず平伏したのである。

このあやまちは何処から来たのか。

そのことを一晩泌々《しみじみ》と考えた。

すると一つの理由が判ってきた。

文明はスピードを重視する、ということである。スピードをもって仕事をせねばならぬ。スピードは文明の一要因である。時間をかければ事は成せるのに、時間をかけるのは良くないと考える。遅いのは悪で速いことが善。これが文明の基準になっている。その為に余計な費用をかける。

このことは更《あらた》めねばならぬと思った。

大きなことを学んでノートにつけた。

陽が昇ると夜が明け、陽が沈むと夜になる。この時間は毎日変わらない。

太陽に暮らしを合わせようと思った。

そういう人間がそこら中にいた。

いわゆる地方の原住民。富良野原人がそこここにいた。

そういう原人と出逢うことが愉快で愉快でたまらなかった。

青年会議所（JC）の若者たちには当時まだそういうのが沢山いた。だからそういう連中の中に飲み友達がどんどん増えた。しかしそういう若者の中にも、文明の汚染は少しずつ進んで感染症のように拡がりつつあった。

当時富良野は滝川《たきかわ》から釧路への根室本線の通過駅だった。ところが新しく石勝《せきしよう》線というものが出来て国鉄（当時はまだJRでなく国鉄だった）は大きく南へ移動し、富良野は置いてけぼりを喰う破目になった。ＪＣの若者はそのことに怒り、反対運動を起こしたいから先生協力してくれんかい、と云ってきた。そこで彼らに云ってやった。

今更反対してみたってムダだ。お上《かみ》が一度もう決めた計画を変更するとは思えない。あんたらそれで富良野がさびれ、人が来なくなるのを怖れてるんだろうけど、それなら別の方法をとった方が良い。

そこで彼らに提案したのが「天の岩戸方式」という奇策である。

昔天照大神が天の岩戸におかくれになって地上が真暗になってしまったことがある。この時人々が一計を案じて、そうだにぎやかに楽しい騒ぎをやろう！　そしたらきっと天照様は何が起きたかと気になってこっそり岩戸からのぞかれるにちがいない。そのすき間に手を差しこんで天の岩戸を開けちまえばいい。そこでみんなでお祭りを計画し、アマノウズメノミコトがストリップをして大盛り上がりの大騒ぎをしたんで天照様はそれにひっかかって岩戸をソッと開けてのぞこうとした所をアマノタヂカラオが手をつっこんで岩戸をこじ開け、世の中に光が蘇ったという故事がある。これを真似しよう。来い来いと云ったって人は集まらない。何だかあそこには楽しそうだが一体何があるンだと思わせれば人は自然に寄ってくるもンだ。

最初連中は半信半疑だったが、結果的にはその予想が当たった。尤《もっと》も僕は云い出しっぺの責任をとらされ、祭の最初の火付役を否応なくやらされる破目になるのだが、そうして生まれたのが「北の国から」。

これがまんまと功を奏してしまう。

只それは少しばかり後の話。富良野はまだ美しい只の荒野だった。

その頃まだ僕はテレビの世界に本格的に帰ってきたわけではなかった。

NHKとケンカしてしまったその後遺症はまだ歴然と尾を引いていたし、いざとなったらトラック運転手になればいいやという開き直りが心の中のどこかを占めていた。それより興味の中心はこの新天地の原人たちの持つ暮らしの哲学の鮮々《みずみず》しさ、都会人の忘れたそもそもの人間の、大地に生きる為のエネルギーだった。

その原点が探りたくて僕はジープで荒野を走り廻った。そこで目にしたのが廃屋である。

北海道には三種の廃屋があることに気づいた。

海辺に残された番屋の廃屋。

農村に残された離農者の廃屋。

そしてその頃急に増え始めたヤマに残された炭住（炭鉱住宅）の廃屋。

いずれも日本の基幹産業を担い、用済みになって国から見捨てられた残酷な経済の墓地である。どこへ行ってもそれが見られた。北海道はいわばそうした、累々たる死骸の堆積の上に、夏の間だけヤケクソのように色とりどりの花を咲かせていた。

その頃まだ地方にはファックスもコピーも普及していなかったから、出来上がった原稿を東京に送る為に、僕は年中旭川空港に一時間かけて原稿を運んだ。

中富良野から上富良野、美瑛。深山《みやま》峠と美馬牛《びばうし》峠を越えるこの丘陵は、今でこそ観光ルートに化けてしまったが、当時はまだ走る車の量も少なく、大麦、小麦、ライ麦、カラス麦、今はもう生産されることのなくなった各種の麦がそれぞれちがった色の穂をつけて、丘陵一面を十勝の麓まで巨大なパッチワークで彩っていた。

パッチワークの丘という言葉が観光宣伝に今も使われるが麦の種類が激減した今、当時の美しさは望むべくもなく消えた。

その頃あの道を走って行くのは四季折々の楽しみだったが、家にファックスの付いてしまった今、あの道を辿ることが格段に減り、心の中から何かが消えた。

上富良野には自衛隊の基地があり、丁度その頃は米ソの関係が最も緊迫した時期でもあって、十勝山麓の演習地からは、年中演習の砂塵が上っていた。

丁度その頃僕は一つの不思議な体験に遭遇する。それは札幌に一泊して帰った日だった。

石勝線の開通前で根室本線の特急がまだ富良野駅に停車していた。

早朝、札幌から富良野に帰るべく一番の特急のグリーン車に乗ると、車輛はガラ空きで客が一人もいなかった。いなかったのに僕の隣にだけ、一人の外人が既に坐っていた。列車が動き出すとその外人が、感じの良い笑顔で流暢な日本語でしゃべりかけて来た。「釧路ニ行キマス」と彼は云った。「アナタハ？」「富良野です」「オオ、フラノ！　イイ所」

それから何となく雑談になった。

「どちらの方ですか」と僕が聞いたら、

「ソ連デス。領事館ニツトメテマス」

思わず顔を見て聞いてしまった。

「ア！　じゃあ〝KGB〟の方ですか」

彼は思わず吹き出した。

僕にはどうも素直というか、ストレートに物を聞く悪いクセがある。

「コノ車輛ノ後ロ、ソット見テ。二人ノ日本人坐ッテマス。日本ノ公安ノ刑事デス。イツモボクノアトハリツイテル。昨日自動車ノ修理工場行ッタラ、アノ人タチスグアト、修理工場行キマシタ。今日ボク、アナタトコウヤッテ話シテル。キットアノ人タチアナタノオウチ行キマス」

「――」

釧路は仕事で行くのかと聞いたら、

「釧路カラ飛行機デ東京行キマス。千歳カラ乗リタイケド乗セテクレナイ。千歳、日本ノ基地アルカラ許サレナイ」

途端に僕は興味を持ち、それからあれこれ雑談をした。

富良野が近くなり、降りる準備をしかけたら急にポケットから名刺を取り出した。

「アナタノ名刺、下サイ」

僕はその頃名刺を持たなかった。そう云ったら彼は一寸考え、

「ジャ、住所ト名前、書いてクレマスカ？」

「イイですよ」

それでアドレスを書き、名刺と交換した。

〝何とかチェンコ〟と、名刺にあった。

ところがそれから半月程経って、彼の名前がテレビに突然出た。交通事故を起こして、チェンコ氏の名前がはっきり書かれ、彼が日本のＫＧＢの元締めであり、本国送還になったと出ていた。

チェンコ氏の名刺を照合したが、紛れもなくチェンコ氏はあのチェンコ氏だった。この話はこれだけでは終わらない。

友人にそのころ外国の諜報機関、即ちスパイのことについて調べている奴がいて、そいつに話したらたちまち身をのり出した。

各国はそれぞれ、例の007で有名になったイギリスのMI6を始め、諜報機関を持っている。その中でも最も優秀なのはアメリカのCIA、イスラエルのモサド、そしてソ連のKGBだというのだ。当時冷戦下の日本は秘かに情報戦の舞台となっており、特にKGBは日本国内に数多のエージェントを作ることに一生懸命になっていたらしい。

既に日本では何人かの、意外な人物がKGBのエージェントになっているが、彼らがエージェントにされた主な手口は、ソ連に招待されて歓待を受けることに始まるという。滞在中は何らかの形で彼らはとびきりの美女に出逢い、そして苦もなく恋におちる。恋はたちまち情事に発展しその情景を盗撮されてしまう。そのフィルムで脅迫され、仕方なくエージェントにされるいわゆるハニートラップである。

スパイ小説を読んでいるようなその話は面白すぎて実感がなかった。

ところが彼が連れてきた公安関係の人物が、僕の話を聞いてせせら笑った。倉本さんは狙われたんですよ。あなたが特急に乗って、そのチェンコ氏と隣席に坐ったところから、もう完全に仕組まれています。

笑って、その話はすぐに忘れた。

ところがそれから三年程経って、僕の書いた「駅 STATION」という映画でモスクワ国際映画祭に突然招待される。それも所属するシナリオ作家協会からでなく、日本映画監督協会を通してである。しかも一週間映画祭につき合ってくれれば後は自由にソ連の中を観光をかねて廻ってくれて良い。アテンダントはこっちでつける。

何となくおいしすぎてイヤな匂いがした。

以前友人に教えられた〝美女と知り合う〟という一節が頭の底から蘇った。

悩んだ揚句かみさんに相談した。かくかくしかじかで、これはもしかしたら罠かもしれない。オレは美しい女に弱いから、まちがいなくひっかかる自信がある。その場合最も怖ろしいのは、KGBよりお前である。この招待果たして受けるべきか断るべきか。

かみさんはフフンと鼻で笑って「行けば?」と軽く答えてくれた。益々恐怖がつき上げて、勿体なかったが招待を断った。

代わりに行った監督協会の人が、モスクワ国際映画祭の理事からの、僕への親書を預かってきた。

「オ久シブリデス。オ元気デスカ。オ逢イデキナクテ、残念デシタ」

その理事の名前があの「チェンコ」だった。

思わずブルッと身震いをした。

「健サンが逢いたがってるから逢ってみない？」

大原麗子に云われたのは、富良野に住み始めて間もなくのことだった。

麗子は可愛い妹のような存在で、女房とも親しく、富良野の山小屋に泊まりに来た僕らの最初の客だった。

上京した時に折り合いをつけて、初めて青山の喫茶店で高倉健さんにお逢いした。

聞きしに勝る寡黙な人で、だからといって堅苦しい感じはせず、時々ニヤッと人懐っこく笑う。ユーモアの感覚もたっぷり持っていてむしろ僕にはこの人の役柄には、その生真面目さを逆手にとった喜劇の方が合うのではないかと思った。

何か一言僕がしゃべると、返事の来るまでに時間がかかる。それが常識を超えた時間で、時には一分、三分、五分。ひどい時には十分近くかかり、何か感情を傷つけてしまったか。別の話題を探した方がいいか。そう思ったら突然返事が返ってくる。

「良いンじゃないスか？」

「ア!!　良いですか！」

僕はあわてて相槌を打つ。

この間《ま》の処理が、馴れるまで極めてむずかしい。この人は僕の云ったことを、その間本当に考えてるンだろうか。もしかしたら何も考えてないンじゃないか。

そのうち何度目かに親しくなって、彼の運転する車で移動中のこと。

「健サン女に興味ないンですか」と聞いたらいきなり急ブレーキをかけられてフロントグラスにぶつかりそうになった。健サンはじいっと僕の顔を見て、「ありますよォ!!」とおっしゃった。調子にのってもう一問押した。「女のどういうところが良いンですか」

今度の沈黙は極端に長かった。

十分、十五分、今度こそ気分を害されたと思い、話題を変えようと懸命に思った。と、二十分後にニッコリ僕を見て、「しなやかさじゃないスか」と健サンは云われた。

初めてお逢いした時僕が高倉健サンに、実は明日から外国に行くんですと云ったら、例の長い間《ま》に初めて遭遇した。

それから自分の首にかけていた純金のペンダントをおもむろにはずし、これは僕の大切にしてるお不動様のお守りです。貴方にさしあげます。かけてって下さい。とおっしゃった。

何と云ったら良いか判らずショックで僕がためらっていると、

「倉本さんの家紋はなんです」

「家紋。ア！　丸にちがい鷹の羽です！」

「この先っぽについてる小さな〝おふだ〟には僕の家紋がついてます。お帰りになるまでにあなたの家紋のを作っておきますから、そこだけ僕のととっかえて下さい」

「ハ!!」

ペンダントを首にかけたら今まで健サンがつけていた体温のぬくもりが伝わって来た。

これで完全に僕は〝やられた〟。

ＴＢＳに僕の書いた健サンの「あにき」は大成功した。思った通り健サンの喜劇性が、大真面目な演技の中で随所に光り、健サンにも大いに気に入ってもらえた。このドラマの中で僕は任侠物の健サンがいつも持つ、頭の上らない人物への忠節、という特性を過剰なぐらいいっぱい埋めこんだ。健サンの鳶の小頭の上に島田正吾《しまだしょうご》さんの頭《かしら》を置き、更にその上に佐野周二《さのしゅうじ》さんを配した。この配置は見事に功を奏し、健サンの喜劇性を更に引き立てた。

一方その前後に僕は石原裕次郎と渡の為に「大都会」というアクションものを書いている。

この少し前、僕がまだ札幌にいる時に、マンションの隣にある「海陽亭」という料亭で僕は裕ちゃんにばったり逢った。その時朝まで裕ちゃんと飲んで、些か飲みすぎ天下の裕ちゃんに云いたいことをズケズケ云ってしまった。

いい齢していつまでドンパチばかり若い時みたいにやっているのさ。そろそろしっかりした人間ドラマをおやりよ。

翌朝小政こと石原プロの小林正彦専務が凄い勢いで怒鳴りこんできた。

「うちの旦那にあんた一体何を吹き込んだンだ！　一晩で旦那が変わっちまって、わしらえらい迷惑しとるとこや！」

こうして出来たのが「大都会」である。

PARTⅠだけ、僕はつき合った。


テレビがどんどん意欲を失い、子供のお遊びに墜ちて行くのを、見るに耐えなく、苦々しく思っていた。

視聴率さえ取れれば良いという、哲学を持たないテレビ局の姿勢がテレビをどんどん悪くしていた。

テレビが始まってわずか二十数年。かつて憧れの処女だったこの媒体は、いつのまにか只金儲けの具として使われ、「創」ではなく「作」の人間たちの手で汚された娼婦として扱われていた。

夢を託《たく》してこの世界にとびこんだものにとって、何ともそのことはたまらなかった。富良野という荒野の中で、忘れていた純粋さに気づき始めた今、いっそシナリオライターというフワフワした夢を捨て、大地に生きるという新しい暮らしに身を投じきった方が良いのではないか。

そんな思考の中で僕は迷っていた。

どろ亀さんや萱野先生、井上のじっちゃんと歩く森の生活は、いかにも男らしく覇気に富んでおり、僕の体内に永年しみついた不純なもの、汚れたものをどんどん洗い流してくれる気がした。

どろ亀さんがある日こう云った。

クラさんオレはここ二、三年、オタマジャクシの研究を始めた。山を歩いているとあちこちの水たまりにオタマジャクシがヒョコヒョコ生きている。よく見るとそれが種類がちがうんだ。

オレは蛙とオタマジャクシについてはこれまで全くの素人だったから種類も部族も何も知らん。それでとりあえず彼らの家系別に、いくつかの種ごとに名前をつけてみた。こっちの山のは田中サン、三の山の沼のは斉藤サン、色の青いのには木村サン、大きくて元気なのは中曽根サン。それで種類ごとにノートをつけてその暮らしぶりを観察してるンだ。もう二、三年それをやっとるよ。そうすると初めていろんなことが、生き方のちがいが段々判ってくる。でもどうしても判らんことが出てくる。それで中学の教科書程度の参考書を図書館に行って初めて開いてみた。そしたらいろんなことが判ってびっくりした！　田中さんの本名、木村さんの本名も初めて知って感心した。参考書に一寸マチガイも発見した！

退官した東大の名誉教授が、書物の知識から入るのでなく、まず実地を見、然る後調べる。物事を学ぶとはこれなのだと思った。

その年の夏の初め、読売テレビの常務から、芸術祭に出す為の一本の脚本の依頼を受けた。一見田舎のオジサン風の何とも可愛いその常務は小さな体を駄々っ子のようにゆすって「ウチ芸術祭の賞もろたことないネン！　どうしても欲しいネン！　フロックコート着て文部大臣から芸術祭賞いただきたいネン！　何とか取らしてェな！　取らしてくれたら一千万払うがな！」。

「本気ですか」

「本気やがな！　男の約束やがな！　一千万円払うがな！」

金額にころんで情けなく引き受けた。

「国士無双」という無声映画の伊丹万作の名作がある。これを書いた伊勢野重任《いせのしげとう》という脚本家は殆どこれ一本で世の中から消え、当時有名だった大山デブ子という女優と一緒になってまだ今治に存命しているという。かねがねこの人を書きたいと思っていた。

「坂部ぎんさんを探して下さい」。鶴橋康夫監督とタッグを組み、笠智衆さんでクランクインした。撮影は順調に進み前評判は上々。ある日常務から連絡が入った。

「うまく行っとるがな。賞とれそうや」

「よかったですね」

「そこで一つ相談があるんや。あん時ボク一千万円払うというたがな。あれ冗談やで。あれムリや。三百万でカンベンしてえな」

「男の約束って云いましたよ」

「確かに云うたがあれ冗談や。今のテレビ局でそんな金ムリや。負けてぇな！」

「イヤです。そんなら中止しましょう」

「殺生なこと云いな！　そんな金とても」

「男の約束は男の約束です。会社が出せないならあなたが自分の家売ってでも」

「ボクの家借家や！」

「そんなら娘を芸者に出してでも男の約束は守るべきです。今更冗談ではすみません」

「そんな！」

この常務を少しいじめたくなって僕は冷たくつっぱねてみせた。

それから何度か電話をかけて来たが、もう電話には出てやらなかった。

「常務、とうとう覚悟したみたいですよ」

鶴橋監督が笑いながら電話して来た。

「娘さんに三味線を習わせ始めたって話です」

おかしかったが放っといた。

芸術祭賞は結局とれずフロックコートを着損《そこ》なったが、常務は胸を撫で下ろしたらしい。


この頃健さんは時折フラッと富良野に現われるようになって来ており、二人でうちの暖炉の火をかこんで映画の話を夜っぴて語り合った。

健さんはおどろく程アメリカ映画について勉強しており、年中向こうへ行き、向こうの映画人と交流していた。中でも特に尊敬していたのが俳優の中ではヘンリー・フォンダ。監督ではマーティン・スコセッシだった。恐らくあの頃スターの中で、あれ程深く勉強していたのは、健さんを措いてはいなかったのではあるまいか。

寡黙で人には語らなかったが、高倉健を僕は見直し、一目も二目も置かざるを得なかった。

自分の寡黙については彼はこう語った。

おやじからガキの頃厳しく云われたンです。男は一生に三言もしゃべれば充分だ。

その言葉を執拗に守り通しているようだった。その姿勢に僕は圧倒された。

しかし二人きりの時間になると彼はよくしゃべりジョークをとばした。

「『ディア・ハンター』という映画をご覧になりましたか」

観ている筈がなかった。先週初めてアメリカで封切られたマイケル・チミノ監督の新作で、ロバート・デ・ニーロ、クリストファー・ウォーケン、メリル・ストリープ等が出演している作品だった。

「もう観たンですか」

「二回観ました。すばらしいです！　もう一回すぐにも観たいです。明日一緒に観に行きませんか」

「エ！　日本でも観られるンですか」

「いや、ニューヨークで観るンです」

「エ!?」

「一日、いや二日体を空けられませんか？　すぐに飛行機を手配します」

「――!」

「明日の午後成田から飛びます。すぐ機内で寝ます。時差がありますから同じ日の午後に向こうに着きます。コーヒーでも飲んで映画館に入ります。観終わったら一寸買物でもして向こうを夜出る便にとび乗ります。機内で又ぐっすり寝ちまえば翌日の夜中にもう日本に着いてます。二日間あれば充分です」

あまりのスケジュールに仰天した。

高倉健さんはそんな突拍子もないスケジュールでしょっちゅうあっちと往復しているらしかった。そして向こうの映画人と、密に交流し勉強していた。

たまげた。

それから二年程後の話だが、二人でスペインを二週間程旅したことがある。

コマーシャルを撮る為の旅だったがこの時二人で闘牛にはまった。連日夕方になると闘牛場に出かけた。

帰国する前日彼は大きな荷物をかかえて泊まっているホテルに帰ってきた。

「闘牛士の恰好にしびれちまって実は何日か前仕立て屋に行ってマタドールの衣裳を作

っちまいました。仮縫いまでして帽子から靴まで全部一式揃えました」

流石に唖然として健さんを見た。

そんなもん作ってどこで着るんです!!

すると健さんは初めて気づいたように、ポカンと僕を見つめていたが、永い間《ま》の後でボソリと云った。

「うちに等身大の鏡があります。深夜こっそりこの衣裳をつけて、鏡に向かって『オーレ!!』なンてマタドールのポーズをとってたりするんじゃないでしょうか」

健さんが亡くなってもう何年も経つ。

あの衣裳はその後どうなったのかと、ひどく気になる夜がある。

その頃健さんはやくざ映画にすっかり厭気がさしてしまっていて、その為東映から距離を置いていた。だが僕はどうしても彼のやくざ姿をもう一度スクリーンで観てみたかった。

そんな頃京都の祇園である晩勝新太郎と飲んでいたら勝っちゃんに突然一つの依頼をされた。ハワイで勝っちゃんがパンツ事件を起こす、まだ大分前の話である。

「オレに一人の兄弟分がいるンだ。神戸山口組の大幹部なンだが彼が自伝を書きたがってる。と云ったって自分じゃ書けない。誰かいないかって頼まれたから、いい奴がいるってあんたのことを話した。是非紹介しろって云われてるからこれから神戸まで付き合ってくれ」

「冗談じゃないよ！」と僕は断った。

「そんなおっかないのと逢うのは御免だ！」

「おっかなくなンか全然ないよ。とても気分のいい男だ。あんたやくざに知り合いはいるか」

「いないよ！」

「そんじゃ是非逢っとけ。人生と社会勉強になる！」

強引に説得され拉致されるように勝っちゃんの車で名神高速をつっ走って行ったら、三ノ宮の駅前に黒ずくめの一団がずらりと並んで僕らを出迎え、そのままクラブに御案内された。

それから一晩。朝までの出来事は、面白すぎてとても書けない！

黒い紳士たちは妙に明るく、素人への対応を弁《わきま》えていた。そして——同席したのが高位の方々ばかりだったせいもあってか、話の内容と話術が格段に面白く、ブラックユーモアがそこここに横溢して僕は何度となく、思わず吹き出した。

たとえば僕のすぐ隣に坐った紳士は、一向にグラスに手をつけず、時折ホステスがグラスの中身を気づかれぬようにそっと変えており、ふとそのホステスの膝元を見たら注いでいるのがウィスキーではなく、全く同色のオロナミンドリンクで、それを見つかった当の紳士は僕に顔を寄せ、照れくさそうに囁く。「ドクターストップ、受けとりまンねん」

かと思うと話題は一人の紳士の初孫が近頃慶應幼稚舎に入学したという話になり、

「どんな手使うた」

「なんぼかかった」

「なァ教えてぇな」

と極めてドメスティックな内容になってみたり。かと思うと外車はアメ車が良いか欧州車がいいか、と若者のような白熱の議論になったり。

更に話題は映画の話になり、まるで大学の映研みたいな結構細かい技術的議論になり、そのうち「仁義なき戦い」に話がすっ飛んで、どの役者が一番本物のやくざの姿に近いかというテーマになって、

「文太」

「ありゃカッコ良すぎる。あんなカッコええやくざはおらんで！」

「旭《あきら》」

「力みすぎや！　日活映画や！」

「山城新伍」

「作りすぎや!!」

一人一人が俎上にのせられ、評論家より厳しく切り捨てられる。結局誰もおらんということになった。

健さんの名前がいつ出るのかと待ったが、どうやら健さんだけは神格化されているらしく誰も触れようとしなかった。そのうち一人が「おったぜ！　弘樹や！　松方弘樹!!」

突然皆が異口同音に、「おぉあれやあれや!!　あのオッチョコチョイなとことトンチンカンな洋服のセンスな！　あれぞやくざや！　おったおった!!」一同安心し乾盃となった。

学生時代に散々身につけた、盗聴と記憶の手法を用いて、僕はその日の紳士たちの生々しい会話をそのまま盗用してシナリオを書いた。

「冬の華」というやくざ映画である。

フランスの暗黒街物、フィルム・ノワールのような粋なリリシズムを志したのだが、東映では最初コテンコテンだった。

何しろやくざの親分がシャガールの絵を蒐集していたり、ＢＧＭがチャイコフスキーのピアノコンチェルトだったりするのだから、そんなやくざ映画あるのか！　といって、プロデューサーはカンカンだった。

「冬の華」というタイトルもお気に召さず、「網走の天使」にしろと云って来た。

だが健さんはすっかり気に入り、プロデューサーと闘ってくれた。

映画が完成すると太秦撮影所ではやくざ屋さんの為の総見試写会があり、神戸からドッと紳士たちが来た。どうもその頃やくざ映画にはそういう風習があったらしい。紳士たちはこの映画を観て何故か予想外に興奮してしまった。

「これぞやくざや！」と大拍手だった。

そりゃあそうだろう。僕はあの夜の神戸の体験を忠実に再現してシナリオに入れたのだから。

勝新という人は紛れもない奇人だが、一方で明らかな天才だった。

構成も何もなくいきなり思いついた一つのシーンを、身ぶり手ぶりで演じ始めるのである。それは全く唐突に始まり、凄まじい啖呵から人を睨みつけて始まったりするのだ。初対面の者は何を怒らしたか事態が判らず、思わず腰を浮かし逃げ腰になる。ところが一席それが終わると「っていう風にな」と、やおら人なつっこい顔になるのである。

僕の場合も初対面がそれであり、席に坐るや「クラモトてめえ！」といきなり胸元をつかまれて訳の判らない文句から始まった。ハハン即興だなとすぐ判ったから黙ってやるままに任せていたのだがそれが延々と終わらない。

十分十五分と黙って聞いていたがさすがにこっちもしびれを切らし、敵の手を払いのけ、相手の口を両手で抑えて、

「オレにもしゃべらせろ！」と凄んで見せたら、びっくりしたように僕の手を外して、

「悪かった。ゴメン。アハハ」と笑い出し、すっかり気に入られて、友達になった。

勝新太郎とはこういう突拍子もない人である。

だから何度も仕事をしかけたが結局一度も実らなかった。

ひらめきの右脳は冴え渡っているのに、まとめ上げる左脳がさっぱりなのである。

一度玉緒ちゃんと別れると云い出し、事務所で開かれた記者会見に偶然立ち会う破目になったことがある。

狭い事務所にマスコミがわんさと押しかけてきて何十台のカメラの放列。まさに鮨詰め状態だったのだが、殆ど勝新の独演会で終始した。離婚会見だというのに玉緒ちゃんはいないし勝っちゃんは終始威勢よくまくしたてるから、記者たちは質問する隙さえな

いし、カメラマンたちはシャッターも切らない。

何とも珍妙な会見になった。

ところが。

勝っちゃんには小さなクセがある。

自分の眉毛がかゆくなるらしく、時々指をたてて目の上を掻《か》く。

話の切れ目にこれをやった。

その瞬間、カメラが一斉にパシャパシャシャシャッターを切った。

ン？　という顔で勝っちゃんがギロリとカメラマンたちを睨むとシャッターの音はパッと静まった。

一寸間《ま》があって又しゃべり出した。

「だからな」

そこで言葉を切り、目の上を又掻いた。

パシャパシャパシャッとシャッター音がひびいた。

又、静寂。

マスコミは誰もしゃべらない。

今度は目を伏せて声の調子を少し落とした。

「だから玉緒は」

言葉を急に呑み、又目の上を掻く。

再び猛然たるシャッター音。

静寂。

異様にして奇妙な沈黙の時が流れる。

すると勝新は何故かポケットからハンカチをとり出し、チーンと派手に洟をかんで見せた。

パシャパシャパシャッ。

パシャパシャパシャッ。

――マスコミが去ってから勝っちゃんは嬉しそうに、「俺が泣くのをあいつら待ってたンだナ。途中で気づいたからサービスしてやった。クラモッちゃんなかなか面白かったろう」。

洒落と演技とサービスの人だった。彼は、いつも。

勝新太郎に匹敵する演技派は劇団民藝の大滝秀治《おおたきひでじ》さんだった。尤も演技の質は全くちがった。この人は何かに極度に集中し、集中すると周りが全く見えなくなるという、別の意味での役者馬鹿だった。

ある時民藝の旅公演で列車が浜名湖のそばを通った時誰かが「アラ、ここウナギの養殖で有名なとこよね」と呟いたら、何かを考えていた大滝さんがふいにびっくりした顔をあげ、「エ!?　エ!?　ウナギは洋食なのッ!?　ウナギは元々和食じゃないのッ!?」と叫んで皆をシーンとさせたという逸話が残っている。

大滝さんは真の名優だったが永いこと脇役を演じていた。

僕はこの人をかねてより尊敬し、ＴＢＳの東芝日曜劇場「うちのホンカン」（ＨＢＣ制作）で初めて主役を演じてもらった。

ホンカンとは警察官が自分のことを云う時に〝本官〟と表現するそのホンカン。

北海道渡島《おしま》半島の森町でＵＦＯがしばしば目撃され、交番の巡査がそれを見てしまってテレビのマイクをつきつけられ、たしかに見たから見たと云いたい。云いたくて云いたくて仕様がない。しかし巡査という立場上そういう変なものを見たとは云えない。その困惑ぶりが何ともおかしくてドラマにしたという実話である。そのホンカンに大滝さんをキャスティングした。

生まれて初めての主役である。しかも奥さんが八千草薫。娘は仁科明子さんである。

「エ!!　エ!!　主役!?　相手が八千草さん!?　エ!?　ウソ!!　ホント!?」

子供のように大滝さんは舞い上がった。

他の仕事を全部断り、一週間前から森町に入り、実在のホンカンから制服制帽全てを奪って、朝晩交通整理を始めるという何とも狂った入れ込みようだった。

このドラマはおかげで数々の賞をいただきシリーズ化されるという栄誉に輝いたが、この大滝さんとはうんと親しくなり、いろいろな事を山程学ばせていただいた。

全くこの人は役に入ると、そのことばかり考えて他が一切見えなくなる。一種の奇人であり狂人であった。亡くなるまで様々な役におつき合い願ったが「北の国から」の清吉役ではそこら中の畑を自分の足で歩き、畑で働く農家のおじさんが使い古した服を着ているのを見ると「それ一寸脱いで！　僕のと換えよう！」といきなり脱がして強奪するので〝追剝《おいは》ぎの大滝〟と怖れられた。


「ホンカン」が評判を得てシリーズ化され、その何回目かの函館ロケの時。

彼は相変わらず役作りの為に一週間前に函館に入った。それも青森までわざわざ汽車で行き、青函連絡船で函館に渡るのである。その連絡船の中で声をかけられた。

「失礼ですが、もしやホンカンさんでは？」

そうです、と答えたら相手の紳士は興奮した。紳士はホンカンの熱狂的ファンだったのである。
　マ、飲みましょう！　ということになり、元々きらいでない大滝さんはついその相手をしてしまった。
　元々彼はこの船の中を役づくりの時間に当てていたのだがテキは全く離してくれない。大滝さんはたちまち後悔し、なんとか紳士から逃れようとするのだが相手はゴキゲンですっかり興奮し、トイレと云ってもわしもとついてくる。

　そのうち函館が近づいてきたら、イヤア愉快だ！　今夜は飲みましょう！　ね！　わし函館では一寸した顔でして！　そこで大滝さんは一寸まずいウソをついてしまった。

「イヤ、今日のうちに東京に帰らんといかんのです！」

「エ!?　今日中に!?」

「ハイ、飛行機で」

「もうチケットはお取りになってる」

「いや、まだこれから」

「そりゃいかん！　大変だ！　今は連休中でチケットなンか取れんです！」

「それでも帰らにゃならんのです！　東京ですぐに仕事があって」

　ウソを重ねたのがまずかった。

「そりゃいかん！　そりゃ困った！――ヨシ！　何とかしましょう！　わしにまかせなさい！」

函館に着いたらウンもスウもなく待っていた高級車に押しこまれそのまま函館空港に直行。逃げようかどうしようかウロウロしているうちに、満員の空港の客の中、事務所の奥に入って行った紳士が程なく汗みずくで走り戻って来て、乗客一人降ろしました！急いで急いで!!　アノ、アレ、イヤと、もごもごしている大滝さんは空港の係員にひっぱられ、尋常でない廊下からいきなりプロペラの回り始めた飛行機の下へ、早く、急いで！　とタラップをかけ上がり、機内へ入るとドアがもう閉まってアレヨという間に東京に向かってトンボ返りする羽目になってしまったらしい。

その三日後、札幌で落ち合った大滝さんは、汗びっしょりで僕にまくし立てた。

「ウソはいけない！　イヤ倉本サン、ウソついたおかげで偉い目に遭った。出た日のその晩うちに帰ったから、女房びっくりして、バカって云われた！　ウソは絶対ついてはいけない！」

ここでそろそろ「北の国から」の話に移ろう。

「北の国から」の放送が始まったのは一九八一（昭和五十六）年からである。実際の構想が芽生え始めたのは、七八年頃からではなかったかと思う。

僕がいったん脚本家をあきらめかけ、富良野という大地に根を下ろし、都会ではバブルがそろそろ起こりかけていた、そんな時期ではなかったか。

僕は原野をひたすら歩き、草に埋もれた廃屋の跡を発見してはその中に侵入して坐りこみ、かつて夢を持ってこの地に移り住み、夢に破れてこの地から逃げた先人たちの悲劇の跡を、暇さえあれば一人辿っていた。多分そんな時期に当たっていたと思う。

廃屋は歴史の墓場であり、棄民たちの哀しい博物館だった。

草木に覆われ、半分潰れた屋根をはがして、昔居間だったらしい住居の中に坐りこむと、そこの住人がどういう状況でその家を捨てたか、その日の状況がつぶさに判った。

散乱した室内。

乾いた喰べさしの食事の残滓。

放り出されたランドセルに半分読みさしの少女雑誌。

そういうものをじっと見ていると、追い出されたか夜逃げしたか、その夜の緊迫した家族の悲劇が、〝聞いてくれ！〟とでも云いたげに僕に何かを訴えかけてきた。

それは折からテレビの世界を追い出されかけた僕の気持ちと何ともぴったりシンクロするものがあり、ＮＨＫでの吊し上げ、札幌でのヤケクソな無頼の日々を想起させて、云いようのない怒りで僕をしめつけた。

抗《あらが》えるわけのない強い者への怒り。

勝てるわけのない蟷螂《とうろう》の斧。

そうしたものへの怒りと哀しみが、廃屋の中で熱いものを誘った。

書きたい、というエネルギーの源は、僕の場合殆どが何らかの〝怒り〟である。

これまでシナリオを何本も書き、それを修める為、技術者になる為、懸命に磨いてきたその蓄積を、そろそろ作家として昇華させる時ではないのか。

そんな気持ちが心に湧いてきた。

しかも北島三郎から学んだ、大衆の位置からという確固たる目線で。

そんなとき一人の初めて逢う企画者が、僕の山小屋を訪ねてやってきた。『『キタキツネ物語』と『アドベンチャー・ファミリー』が今東京では大ヒットしています。ああいう物を書いてくれませんか』。

「キタキツネ物語」と「アドベンチャー・ファミリー」。

「キタキツネ物語」は網走小清水で蔵原惟繕《くらはらこれよし》監督が何年も費やして創ったドキュメントである。

「アドベンチャー・ファミリー」はロッキー山脈の電気も水道もない未開の原野の物語

です。北海道にそんな場所ありませんよ。そう云ったら企画者は〝いや〟と手をふった。

「実際にはそうかもしれませんが、東京の人はそうは思っていません。東京人にとって北海道は未開の地であっておかしくありません。テレビの視聴者は主に都会人です。彼らにとっておかしくなければ、それでいいんじゃないでしょうか」

この言葉は僕をコチンとさせた。

「北海道を舞台に作って、北海道人にウソだと思われたらテレビドラマとしておしまいです。刑事物を作ってあんな刑事はいないと刑事に思われたら、板前のドラマを作って実際の板さんたちにウソだと思われたらそんなドラマはいけません。北海道を舞台にする以上、北海道人を裏切っちゃいけません。これぞ北海道！　と道民が思うような、そういうドラマを創るべきです！」

そう云ったら企画者はムッと黙った。

あぁ又テレビ界にケンカを売ってる。

自分の頑固さに厭気がさしたが、ここで負けてはいけないと思った。

それで何日かじっくり考えた。

そこらに廃屋は山程ある。電気も水道もテレビもない廃屋はそこらの原野にごろごろしている。そういう荒野の廃屋の一軒に、都会しか知らない今の子供が突然いきなり放りこまれたら、一体どういう反応を起こすのか。

純「電気がないッ⁉　電気がなかったら暮らせませんよッ！」

五郎「そんなことないですよ」

純「夜になったらどうするの！」

五郎「夜になったら眠るンです」

この単純明快な四行のセリフを元に、僕は一本の企画書を書いた。

この企画書にフジテレビの指紋のないプロデューサー、中村敏夫が何故かとびついた。

「アンちゃん！　やりましょう！」

「四季を撮りたいから時間も金もかかるぞ」

「まかして下さい」

「動物撮影も大変だぞ」

「まかして頂戴。まかして頂戴‼」

「北の国から」が、かくして始動した。

文明批判を書きたかった。

どんどん進歩する文明社会の中で、泰然とさからって生き方を変えない一人の男の極めて大真面目な人間喜劇を描いてみたかった。

僕の尊敬するチャーリー・チャップリンの、あの姿勢が僕の根底にあった。

こういうことをチャップリンは云っている。

〝人の行動は、アップで見ると大真面目で悲劇だが、それをロングから見ると喜劇である〟

厳しい自然の中で苦闘する父子一家の暮らしぶりを、そういう視点で描きたかった。

とりあえず冒頭の「秋の章」のシナリオを渡したらお調子者のトシオが急に静かになった。コトの大変さに初めて気がついたようだった。

当時のフジテレビは久しぶりに息を吹き返し、新しく社長の座についたまだ若い鹿内春雄氏のもと新しいエネルギーで立ち直りかけていた。

それまで永いこと低迷し、民放テレビ局五社の中で四位の座に居続けて、〝ふり向けば12チャンネル〟と嘲笑され続けて来たものが俄かに活気をとり戻しかけていたのだ。

それでもまだその本気度が僕にはとても信じられなくて、あるパーティーで春雄社長に逢ったとき何度もしつこく念を押した。

「本当にやる覚悟があるんですか」

「ありますよ」

「途中で止めるなんて云い出しませんね」

「云い出しませんよ！」

「本当に本気ですね」

「しつこいな」

「それじゃあここで指切りをしましょう！　指切りは子供の純粋な約束ですから、守らないと世間に云いまくりますよ！」

財界の人たちのパーティーだったと思う。

偉い人たちの大勢いる中で、僕は自分の小指をつき出し、春雄さんの小指に強引にからませて大きな声でいきなり叫んだ。

〽指切りかんきり、ウソついたら針千本飲ォますぞ!!

財界人たちはびっくりふり返り、春雄さんは照れて真っ赤になって、それでも小さな声で唱和した。

これで契約は成立した！

何しろまわりにはびっくりして見ている財界の証人がいっぱいいたのだ！

すぐさまシナリオをどんどん書き進めた。クランクインと決まった十月の頭までにはシリーズ二十四話のうちの半分近くが書き上がっていた。

するべき仕事が山程あった。

ロケは最初の十月から入って、冬、春、夏、秋、そして再び冬。全五回の撮影を敢行することに決まった。

まずこの長期間の撮影に加われる俳優のキャスティングを決めなければならなかった。一年半近く拘束するのだから俳優の側にも相当の覚悟が要った。

主人公である黒板五郎役には最初候補に上がったのが、高倉健、緒形拳《おがたけん》、中村雅俊《なかむらまさとし》、西田敏行《にしだとしゆき》そして田中邦衛《たなかくにえ》の五人。この中で誰が一番〝情けないか〟という議論になり、満場一致で田中邦衛に決まった。

次に子役のオーディションに入り、三百人以上の候補の中から数回の長いオーディションの結果、吉岡秀隆《よしおかひでたか》と中嶋朋子《なかじまともこ》が決まった。

人間には〝陽〟と〝陰〟の人がいる。

これは直感的印象である。

例えば長嶋は〝陽〟だが王は〝陰〟である。

裕次郎は〝陽〟で健さんは〝陰〟である。

この陽と陰のバランスをうまく組み合わせないとキャスティングというものは成功しない。僕の経験では必ずそうだった。

邦さん、吉岡、中嶋朋子は三人共何となく〝陰〟だった。これは周囲によっぽど

〝陽〟をいっぱい集めないと暗いドラマになってしまうぞという懸念があって、岩城滉《いわきこう》一《いち》、いしだあゆみ、竹下景子《たけしたけいこ》、地井武男《ちいたけお》、明るい役者で周りを固めた。

キタキツネ、テン、シカ、リス、エゾモモンガ。動物たちは可愛くて明るいから彼らの姿はいっぱい入れようと動物撮影の特別班を作り、忍耐強い竹越由幸カメラマンが先発隊でまず動物を撮りに富良野入りをした。

美術、照明、音響、メイク、結髪、衣裳、助監督、制作進行。これ又長期の撮影に耐え得る強力なスタッフのチームが組まれた。

そして十月。クランクインした。

クランクインというものにはプロデューサーにとって、それぞれ決めている〝験《げん》かつぎ〟があってトシオの場合それが激しかった。

まずその朝は早起きをして三つの神社にお詣りをする。明治神宮に神楽坂の毘沙門天、日枝神社の中の猿田彦様。ある時寝坊して明治神宮に行く時間がなくなり、靖国神社で間に合わせたら番組は見事に玉砕したそうな。

今回はそれに富良野神社が加わり、こっちはさすがに、僕が代参した。

かくていよいよ撮影は開始した。

富良野のロケは早速難行した。

トシオにとってまず第一の誤算は、フジテレビという局の名前が富良野では殆ど知られていないことだった。

北海道でのフジのネット局は、UHBという後発局である。テレビ朝日（当時はまだ日本教育テレビ）系のHTBとUHBはまだU局で、山間部には電波塔もまだなく、ドラマの舞台になる麓郷《ろくごう》などではフジテレビは殆ど映らなかった。富良野の町では時々映ったが、それも天候や電波の具合ではチリチリガーガーと年中断続し、とても鑑賞には耐えられない。だから殆ど認知されておらず信用というものが全くなかった。従ってホテル、タクシー、飲食店等、ツケというものが全く効かなかった。これが最初の、最大の誤算だった。

トシオは蒼くなり、巨額の現ナマを肩提げカバンにつめて一々細かい支払いをして歩いた。

テレビの現場というものは、とんでもなく出費のかかるものである。予測されている出費もあるが、普段ツケ払いで処理していたものが、突然全て現金払いになって、おまけに町まで三十キロ近くあれば、町ならそこらですぐ手に入るものが一々車で走らなくちゃならない。町にもなければ次の町に走る。使いにとび出したADがいつまで経っても帰ってこない。当時はまだケイタイの普及する前だし、ケイタイがあったって電波が飛ばないから、使いに走ったのがすぐ行方不明になる。仕方ないから撮影は中断する。そのうち山の天気だからすぐ変わる。出演者の飛行機の時間が迫り、遂には時間切れでタクシーを呼ぶ。タクシーが空港まで一万五千円はかかる。ツケが効かないからキャッシュで払う。トシオのカバンはどんどん軽くなる。

おまけにタレントの送迎宿泊費。これが一々とんでもなくかかる。タレントによっては付き人、メイクアップ、衣裳係まで連れてくるのがいるからトシオのカバンは簡単に空になる。あわてて東京に電話をかけるが経理はもう帰宅してどうにも捕まらない。現地の銀行窓口も閉まっている。

プロデューサーである中村敏夫は、たちまち痩せ細り、三月目《みつき》に倒れた。神経性の膵臓炎にかかりあえなく入院してしまったのである。

そんなハチャメチャのスタートだった。

それでも撮影は否応なく進んだ。

秋の部が終わり、全員いったん帰京してあらためて冬の部の撮影に入った。

一月の富良野。

温暖化の始まるまだ少し前の、当時の富良野の寒さといったらそれこそ半端なものではなかった。

僕自身がそれ以前の何年か、その厳しい寒さの洗礼を受けていた。

九月に入るともう紅葉が始まる。

十月の初めには雪虫が舞い始める。

雪虫が舞うと十日から二週間で、不思議と正確に雪が舞い出した。

そして十一月の末になると当時は確実に吹雪が始まり、アッという間に根雪に閉ざされた。

十二月初旬には冬将軍が、白鳥と共にシベリアから飛来し、マイナス二十五度、三十度の世界が大地を〝しん〟と凍結させてしまうのだ。

森の中では深夜あちこちから、ビィーンという〝凍裂〟の音が聞こえた。木の中の樹液が凍結・膨張し、幹の外皮を裂いてしまうのだ。その音は周囲の山々にこだまし、身体の芯まで縮み上がらせた。

僕自身の暮しで云うならば、何にも知らなかった最初の冬は、秋ロトイレの汲み取りを忘れていた為にポットン式の便器の下で盛り上がり凍結したウンコの山が、マッターホルンの頂《いただき》のように便座の上にそびえ立って来て、知らないで坐ったらいきなりグサッと尻につき刺さって血を出した。周囲の原人がその話に笑い、ストーブの灰を掻く〝デレッキ〟なる鉄棒をプレゼントしてくれて、よくやることだ、ケツを傷つける、便器に坐る前に中をよく見て山の頂をこれでカッチャケと、ありがたい知識を授けてくれた。にもかかわらず山は盛り上がり、新しい火山の溶岩の如く肥え壺いっぱいに溢れてきてしまって、致し方なくトイレの使用は女房のみの限定とし僕は零下三十度の表の雪の中で排便するという悲劇となった。

マイナス三十度の雪の中で排便すると一体どうなるか。前のめりになって観察すると、体外に出たクソは一瞬ポッと湯気を出し、次の瞬間チリチリ粉を吹き、瞬間冷凍してしまうのである。恐る恐る触ってももはやニチャともせず石ころのように固まっている。それを放るとキツネが拾ってどこかへ運んで行く。人糞《じんぷん》にはまだ栄養があるのである。

このシーンを「北の国から」でそのまま使いたかったのだが、放送倫理上拒否された。

そんなこんなの過酷な冬である。

でも偶然の僥倖《ぎようこう》もあった。

家の裏山で撮影している時一匹のキツネが突然現われた。三本足のキツネである。それは二年前僕が餌づけし僕の手から直接餌を喰っていた〝アウト〟という名のキツネだった。上のゴルフ場の〝アウト〟コースから現われるので僕はそいつをアウトと呼んでいた。そのアウトがある吹雪の夜、虎バサミという罠にかかり、ケーンと鳴きながら僕の目の前に現われた。

虎バサミとは鉄で出来た罠である。鎖で杭に結ばれており、キツネの足にガチャンと喰いこむ。これにやられると大概は助からない。杭をひっこ抜いて逃げたとしても重い虎バサミを引きずったままだから獲物をとることももはやできない。余程強靭な意志を持った奴が、自分の足を喰い千切って辛うじて生き残ると聞いたことがあるが、それでも餌を狩ることができなくなって死んでしまうということだった。

その虎バサミにアウトはやられ、重いその鉄具と杭を引きずっていた。外してやろうと懸命に呼んだが、アウトはもう人に不信感を持ってしまったらしく、近くまでは来るが触れさせようとはしなかった。ケーンと悲し気に何度か叫びアウトは吹雪の中へと消えた。

僕はスキーをはき、足跡を辿ってしばらく彼を追い、雪の上に肉を撒いて歩いたが、それきりアウトは出てこなかった。

そのまま二年という歳月が経過しアウトは二度と姿を見せなかった。死んだものだともう思っていた。その時突然目の前に現われた三本足のそのキツネは、紛れもなくそのアウトにちがいなかった。

ルールルルと云って僕が餌を出すとアウトは恐る恐る僕の目を見、安心したように僕の手から直接その餌を喰べた。急いで邦さんと螢を呼んで同じことをやらせた。

喰べた！

急いでカメラに「廻せ廻せ！」と云った。

そしてその後、純にもやらせた。これもオズオズと喰べてくれた。

純が石で追った螢のキツネが二十四話の最後に帰ってくる。ラストシーンがその時出来た！

純は八センチ、螢は十センチ、一年間で実は背が伸びた。だからラストのそのシーンだけ、純と螢は急に背が縮む。

しかしそのことに気づいた視聴者はいなかったらしく、何の文句も出ないで済んだ。

最初のシリーズ全二十四話を、その年いっぱいには書き上げていた。

そして僕は余った時間で、映画の脚本にとりかかっていた。誰に注文されたわけでもない。書きたくて書き始めたシナリオである。

高倉健さんとのつき合いがどんどん深まり、こっそり健さんが富良野に来る日が増えた。

健さんはいつも何かしらの土産を、多くは外国から持ってきてくれた。ある時は洒落たジャンパーだったり、ある時はロレックスの時計だったり、相手を吃驚《びっくり》させ、喜ぶ顔を見ることが、健さんの秘かな趣味だったようだ。だからお返しをしても喜ばないし、それだけのお返しも思いつかなかった。

それで究極の返礼を思いつき、それを創ろうと心に決めた。

それが「駅」という映画のシナリオである。最初は「駅舎《えき》」というタイトルだった。廃屋を求めて、道内をあちこち歩き廻っている時、しばしば木造の古い駅舎に出逢った。駅舎には必ず待合室があり、その中に坐ると列車を待つ人々の様々なドラマ＝人間模様が見られた。それらの人の姿に想像力をかき立てられ、オムニバスのように健さんと絡む三人の北の女を描いた。いしだあゆみ、倍賞千恵子《ばいしょうちえこ》、大竹しのぶを想定して書いたが大竹しのぶだけはスケジュールが合わず、烏丸《からすま》せつこに配役が代わった。

女についてはすすきの時代に、大いに勉強した取材が役に立った。

北海道の女はどこかで強く、哀しいまでの自立性を持っている。だから全国の女性の中で離婚率が一番高いといわれている。

いつだったか高知のバーに入ったとき、気の強そうなマダムが口惜しそうな顔で、僕に向かって云ったことがある。「知ってるよ。それまでは高知が一位だったンだから！」

何となくおかしかった。

そんな女たちと、不器用な男の物語を書きたかった。

二月十六日が高倉健さんの誕生日である。

丁度その近辺でやって来た健さんに、三百枚程の出来たての原稿をリボンでくるみ、誕生日プレゼントです、と贈呈したら、さすがに一寸、驚いたようだった。

しばらく〝間〟があってゆっくり坐り直し、きちんと正座して「頂戴します」と云った。

すぐに帰って読ませてもらいます。

深く頭を下げ台本を引き取った。

嬉しくて「ヤッタ!!」と叫びたかった。

すぐに翌朝電話が入った。

「すばらしいです。やらせていただきます」

この一言が物書きにとって、何より嬉しい一言である。

その後の健さんの動きは速かった。

「東宝でやりましょう！　段取りは自分に任せて下さい」

それからこういうことを云い出した。

「失礼ですけど倉本さんの脚本料は、今どの位です」

「いや、それは今回は良いンです。あくまで健さんへのプレゼントですから」

「そういうことじゃなく一般論として大体どの位とってらっしゃいます」

一寸考えて正直に云った。

「×××位です」

すると健さんは考えていたが、こういうことを話し出した。

「プロフィット契約ってご存じですか」

「プロフィット？——知りません」

「あっちのスターは——大物だけですが、プロフィット契約ってものを必ず結びます。基本のギャラはそのままギャラとして、それ以外にその作品の興業収入の何％かをスターが貰うという契約です。勿論全体の額からすれば、○・×％とか○・○×％とかわずかな数字のものですが、作品がヒットして興業収入が大きくなれば、プロフィットも莫大なものになります。自分の場合映画会社と、そういう契約を結ぶことにしてます。多分日本の俳優で僕一人だけだと思います。シナリオライターでは多分まだそういう人はいないんじゃないでしょうか。そういう契約を結びなさい。交渉は自分が全部やります」

アメリカにはそういうシステムがあるのかとおどろいたが、それより健さんがそういうことに精通していることにびっくりした。

半分訳が判らないままに全て健さんにお任せした。

かくして「駅」はクランクインした。ロケの主な場所は留萌《るもい》であり、折から「北の国から」の撮影も、冬のシーンの佳境に入っていた。両方に出ている田中邦衛を、僕の車にのせ、留萌・富良野間の吹雪の道を何度も往復する破目になった。

道中色んな話をしたが、最後はお互い話題の種に尽き、お互い過去の告白ごっこになった。びっくりしたり、大笑いになったり、何とも楽しい道中だった。話の中身は教えてやらない。

あの頃の毎日は思い出してもまことに楽しい。

銭の話で恐縮だが、「駅」のプロフィット契約は思いもかけない効力を発し、脚本料の何倍もの収入を僕のふところにもたらしてくれた。

あんなに稼いでくれた作品は「北の国から」を除くと他にはない。

健サンには感謝してもしきれない。

四十六歳から四十七歳。僕は一番脂が乗っていた。

一時はこの世界から消されたかと思っていたが、気づけば何となく復活していた。

この頃理論社という出版社の、小宮山量平という編集者が、突然僕を訪ねて来た。

「北の国から」を本にしたいから、これを小説に書き換えろという。

理論社という出版社の名前と、小宮山量平という編集者の名前に僕は重大な記憶があった。かつて「日本シナリオ文学全集」というマイナーな、しかし僕にとっては何にも増して大切な全集があった。

黒澤明、水木洋子《みずきようこ》、新藤兼人《しんどうかねと》、依田義賢《よだよしかた》、野田高梧《のだこうご》、等々。日本のシナリオ界を切り拓いてきた大先輩のシナリオ集であり、学生時代新刊が出るのを待ちかねてむさぼるように読み耽った。その全集の出版元だった。勿論、僕の書棚には今もまだあったし、中には赤線や書き込みでボロボロになっている巻もあった。シナリオ修業にあけ暮れた僕にとって、いわば青春のバイブルだったのだ。

僕がそのことを小宮山さんに語り、自分があの全集のおかげで一応脚本家になれたこと、だから僕は脚本家の一生を貫《つらぬ》きたく、シナリオを出版して下さるならうれしいが、それを小説にする気はない、というと、小宮山さんはしばらく黙り、それからおもむろにしゃべり始めた。

実はあの全集を出したおかげで、理論社は一度つぶれてしまったのです。しかし、それが今、一人の脚本家を誕生させたと云われるなら、以て瞑《めい》すべしと涙が出そうです。

判りました。

シナリオのまま出版しましょう。

只、出版業界にあってシナリオというものはまだ市民権を得たとはいえず、その考えを変えさせるには流通の頭を切り替えさせなくてはなりません。切り替えさせて、今現実に、趣味のコーナーに二、三冊立てられるのが精々のシナリオを、一番前面の売れ筋の本の並ぶ場所に平積みにさせなくてはなりません。その為には書籍の流通の大元締めである、日販、東販、栗田といった取り次ぎの頭を変えさせる必要があります。

これから自分が懸命に動いて、どこかその一つに働きかけます。どこか一社を動かして、その全社員を集めてもらいます。そこで講演をしてもらえますか。

それから一月《ひとつき》もたたぬうちに、僕は東販の社員たちの前で、シナリオに関しての講演をした。

シナリオというものが如何に簡単な、誰にでも読める読み物であるかということ。

普段、むずかしい本など読まない、役者という〝学〟のない人間も、シナリオだけは簡単に読んでしまうこと。

シナリオは、想像力をそそること。

シナリオは小説などより更に自然に、登場人物に自分を同化させること。等々。

〝レーゼドラマ〟という言葉がある。

上演を目的とせず読むだけの為に書かれた戯曲のことであり、演出の制限を離れて思想表現に重点を置くものだから、しばしば観念的で難しい。只、このレーゼドラマを良しとするものもおり、シナリオとは一種のレーゼドラマだと誤解している者も少なくない。それはちがう。

シナリオとは撮影台本である。

AとBとが恋におちるのを、どういう形で客に判らせるか、その具体をセリフや行動で見せ、それをつなぎ方で盛り上げて行く。そういう一つのエンターテインメントである。

そういうことを必死で説いたら、東販の人たちは判ってくれたみたいだった。

「北の国から」のシナリオ本は、どの書店でも平積みにしてくれた。

上下二巻のシナリオ本が、いきなり合計四十万部売れた。

シナリオが独自で売れたということは、脚本家にとっては画期的なことだった。

暮らしがぐんと楽になった。

その後発刊した「駅」のシナリオも売れてくれた。

この年はこうした慌ただしさの中で進んだ。

この他にも「ホンカン」の続篇を書き、「君は海を見たか」の改訂版を書き、目まぐるしい創作の日々を送った。

八十一年十月。様々な紆余屈折があって、「北の国から」は放映にこぎつけた。

その日、富良野プリンスホテルの広いレストランに、フジテレビの重役はじめスタッフ・キャスト、協力してくれた現地市民の方々に集まってもらい、一年を越えた労をねぎらい、同時に初回の放送をみんなで見るという大パーティーが開かれた。

トシオをはじめスタッフ・キャストは朝からそれぞれ富良野神社に詣り、視聴率成功の祈願をしていた。

何しろ異例の制作費がかかっていた。

成功してくれなければ絶対に困った。

だがこの放映にはいくつもの悪い条件が重なっていた。

同じ時間の裏番組にテレビ朝日の絶対的王者「必殺」シリーズがあり、何週か先行してTBSが、山田太一さんの「想い出づくり。」をぶつけてきていて、これが結構な人気を博していた。これらに対抗しての放送開始である。更に。

舞台となっている肝腎の麓郷地区をはじめ富良野の山間部の村々には、フジテレビの電波が届いていないのである。我が家のテレビでも視聴不能だった。

仕方ないから近在の電気屋に話をつけ、いくつものヴィデオデッキを借り受けて、それを各聚落《しゅうらく》の聚落会館に設置して放送時間の二十二時に合わせて、〝1、2、3〟ドン！と再生してもらった。

視聴率の結果は翌朝十時に発表される。

それまではひたすら神に祈るしか仕方ない。プリンスホテルのパーティー会場では一同ヤケクソのように盛り上がり、酔っぱらった専務はみんなを指さし、もしもこの番組が20％を超えたら、お前ら全員ハワイに連れて行く！　と、大声で叫んでみんなを興奮させた。

翌朝。

冷酷な視聴率が出た。

健闘はしたものの「新必殺仕事人」と「想い出づくり。」にはかなわなかった。かなわなかったものの番組の評判は、決して悪いものではなかった。

二回目は多少下がったものの、その後少しずつ挽回の兆しが見えた。

何しろ世の中はイケイケドンドンのバブルの時代である。そのご時世に大胆に抗って、

「夜になったらどうするの！」

「夜になったら眠るンです」

と、全くアンチの哲学をぶつけたのだから世のヘソ曲がりにはこの反骨精神に拍手し

てくれる方々もいた。

視聴率は少しずつ上向きになり、商売仇山田太一さんの「想い出づくり。」が終了するとその視聴者がこっちに流れこんだ。
17、18と少しずつ上昇した視聴率の数字はついに最終回、専務が全員ハワイに招待すると、あの日大口を叩いてしまった、20%を超えてしまったのである。
トシオと僕は鬼の首をとったように専務の部屋をすぐ訪れた。

伊予・村上水軍の末裔であるこの専務は、フジの重鎮にしては珍しく豪快な、話の判る大人物だった。

判った判った！　あの話だろ？

彼は僕らを重役室に招き入れ、ソファに坐らせるとコーヒーを取った。

まずは20%を超えたことを祝し、丁寧に礼を云い、それからおもむろに切り出した。

「あの時わしの約束したあの話のことで来たンだろ？　もしも20%『北の国』がとったらお前らハワイに連れてってやるって云った。そうだろ？」

「ハイ！」

「うん。約束した！　たしかにあの時わしは、宣言した。〝お前ら〟ってこうやって指でさしてな」

「ハイ」

「それは認める。ウン。認める。だけどな、もういちどようく思い出せよ？　わしがあの時〝お前ら〟って云った時、〝お前ら〟って指をさした時、わし、こうやって全員に向かって、広い範囲に指をさしたか？」

専務は重役室の広い空間に向かって指で大きな弧を描いてみせた。

「？」

「な？」

「？」

「わし、あん時こうやって、そばにいたあんた方二、三人に向かって」

今度は半径一メートルにも充たない、小さな円をチョコッと描いた。

「〝お前ら〟って、ごく少数だけを指でさしたよネ」

「───」

「ネッ!!」

専務の姑息な意図が判って、トシオと僕は顔を見合わせ───。それから専務にコクンとうなずいた。

するとと専務は大きくうなずき、

「ウン！　約束した!!　確かに約束した!!　あんたらを五人、ハワイに招待する!!　わしは約束を守る男だ！　あんたら二人は功労者だから特別待遇でファースト・スイート。残りの三人はエコノミー！　よし！　行ってらっしゃい！」

「──」

僕らはこの話を他の奴らには伏せ、純と螢をつれてハワイの旅を秘かに満喫した。

「駅」の撮影も順調に進んでいた。只、小さなもめ事はいくつかあった。

高倉健さん演じる刑事英次が飲み屋の女桐子と出来る。桐子を演じたのは倍賞千恵子さん。ところが桐子が秘かにかくまっていたのが、かつての先輩大滝秀治を殺した指名手配の殺人犯、室田日出男であることを知り、桐子のアパートで室田を射殺する。問題はその後。

桐子の店の前を通ると、赤提灯に灯が入っていて中に桐子が一人でいる。

一寸ためらうが、英次は中に入る。

恋人を射殺した英次のことを桐子は許さず口をきかない。

気まずい二人の短い時間の後、英次は勘定をし、店を後にする。

健さんと揉めたのはこのシーンについてである。店に入れない、と健さんは云うのである。僕なら絶対店に入れません。

だが僕は、つい入ってしまった英次と桐子の、気まずい時間が描きたかった。

僕は入れません、と健さんは云う。

いや、ボクじゃありません。英次なんです。

健さんは黙る。――三十分あまり。

いや、やっぱり入れません。

英次なんです。英次は健さんじゃなく僕、倉本に近いンです。極めて情けない、未練たっぷりの男なンです。

再び健さんは沈黙する。同じく三十分、一時間。

やっぱり入れません。自分は入りません。

遂にはしばらく口をきいてもらえなくなった。

もう一ヵ所健さんと揉めた所があった。

英次と桐子が情事を交わす。

終わった後桐子が恥かしそうに云う。「私、大きな声出さなかった？　以前相手に云われたことあるの」

「いや」と云った後、健さんの顔に、ボソリと英次の云うモノローグがかぶる。

「樺太まで聞こえるかと思ったぜ」

このモノローグにもクレームがついた。

「倍賞さんに、失礼じゃないスか？」

倍賞さんじゃありません！　桐子の声がでかかったンです！　そう云いかけたが顔を見てやめた。健さんの顔が真剣すぎたからだ。

かように健さんは、役と俳優本人を、時々混同してしまうところがあった。

それでも「駅」は大当たりし、数々の賞を総なめにした。


その頃一人のアメリカ人と家族が、富良野にやって来てしばらく滞在した。女房が出ていた大竹しのぶ主演の舞台「奇跡の人」のテリー・シュライバーという演出家である。彼はニューヨークでスタジオを営み、俳優たちのトレーニングをしている。

こういうスタジオがニューヨークには二十いくつもあり、新人ばかりでなく現役の役者たちがトレーニングにいつもかよっている。彼の所には少し前まで、ダスティン・ホフマンやジーン・ハックマンも来ていたという。

日本にはこういうスタジオがいくつぐらいある、と聞かれて、一つもないと答えたら、信じられない！　と目を丸くされた。

それではどういう所で訓練するのだと聞かれ、僕の知る限り殆どしてない、と答えると今度こそ本当にびっくりした顔をした。

ダンサーが一週間体を動かさなかったらどうなる。ボクサーが十日間練習を休んだらどうなる。俳優だって同じことじゃないか！　と云われ、恥ずかしくって返す言葉がなかった。

無理に時間を作り、ニューヨークへ飛んでテリーのスタジオを何日か見学させてもらった。ダウンタウンにある小さなスタジオだったが、テレビでよく見る顔がいくつもあった。

有名無名を問わず彼らは小さなグループを組み、五分位の芝居のワンシーンを稽古して来てみんなに見せる。それに対してみんなが意見を云い、最後にテリーがそれを総括する。誰もが活気に溢れていた。

こういう訓練から実力をつけ、何百とあるオーディションをくぐり抜けて、そのうちの運とチャンスに恵まれたごく少数の人間がブロードウェイの舞台に立ったり、映画やテレビに抜擢されたりする。だが訓練を怠った者は、たちまち見抜かれはじき飛ばされる。

日本とずい分ちがうと思った。

日本では容姿とか器用さとか一寸した目立ちでヒョイと抜擢され、訓練もろくにせず良い役をつかみ、運よく名が知れ売れ始めるとたちまちゴルフがうまくなったり麻雀の腕が上がったりする。即ち訓練でなく遊びの道へ走る。これでは彼我《ひが》の差がどんどんつくわけだ。軽く二十年は遅れていると思った。

それから暇があるとニューヨークへ行き、テリーのスタジオを覗くようになった。

ある時そのスタジオで風采は上がらないが一寸味のある、一人のくたびれた老人と知り合った。

その老人の名はフランクと云った。

彼を誘ってパブで飲んだ。

齢は六十八。五十過ぎまではサラリーマンだったという。ある日たまたまアーサー・ミラーの「セールスマンの死」という芝居を見た。まだ四十を過ぎたばかりだったという。全身がしびれ、芝居のとりこになった。「セールスマンの死」の主人公ウィリー・ローマンの役をどうしても死ぬまでにやりたいと思った。

しかし芝居の勉強をするのには金がかかると、それは判っていた。だから必死に仕事に精を出し、金を貯めようと決意した。ひたすら真面目に仕事をしていたら会社での地位がどんどん上がり始めた。五十になったら仕事を辞めて芝居のスタジオに入る気でいたのだが五十になったら社長になっていた。ではも少しと更にがんばったら五十三で会長になり、会社自体が自分のものになってしまった。

五十五歳でその会社を売り、スタジオに通って勉強を始めた。

最初の五年は夢中で勉強した。それで。

彼は提げていた古びたバッグから一つのアルバムを取り出した。

最初の頁には汚い農夫の写真があった。

初めてもらえたのが「怒りの葡萄《ぶどう》」の、農夫Cというセリフも全くない小さな役でこれ。

それから少しずつ役が来だした。

これが××で、これが〇〇。

六十三の齢にフォルスタッフを演った。それがホラ、これ！

六十五の齢にユニオンに入《はい》れた。

それからは順調に役が来始めた。そして。

彼はアルバムの最後の頁を見せた。

これが判るかい？

郊外らしい森の中に小さい映画館らしい建物があった。

「ニュージャージーにある古い映画館さ。オレはこの秋とうとうこの小屋で『セールスマンの死』のウィリー・ローマンを演れることになったんだよ‼」

六十八歳の老人は、少年のようにその目をキラキラ光らせていた。

「コングラチュレーション‼」

僕はグラスをあげ、彼と乾盃した。

富良野塾の発想は、この日から芽生えた。

ここまで僕を育ててくれた、日本のテレビという貧しい存在に、何か少しでも恩返しできないか。非力な自分だがよく考えれば、少しは役に立てることがあるのではないか。

第四章

谷は眠っていた

一九八三年、昭和五十八年は、もっぱら富良野塾の構想と準備に当てた。

「北の国から」は倖い好評で、スペシャル番組を創る話が来、「'83冬」の制作にとりかかった。この年は他に日本テレビで芸術祭参加のハワイロケ作品「波の盆」を、実相寺《じっそうじ》昭雄《あきお》監督、笠智衆さん主演で創った。広島からハワイに移住した日系人たちの戦時中を描く、マウイ島を舞台にした大作だった。その為マウイを何度か訪れ、海岸に残る日本からの移民の、半分波に埋もれた、只丸石に名が刻まれただけの墓場の情景に胸を打たれた。

彼の地に今も残る盆ダンスの日には、海に向かって無数の灯籠《とうろう》が流される。その灯籠はゆらゆらと波に乗り、潮の流れに乗って、はるかな母国日本の方へ一列になって流れてゆくのである。

この作品には笠さんの他に、加藤治子さん、中井貴一《きいち》、石田えり等が出演したが、おかげで芸術祭大賞をいただいた。

一方僕は富良野塾構想に、必死になってとり組んでいた。とり組むといっても自分一人である。誰か金主がいるわけでもなく、どこからどう手をつけたら良いか判らない。何人かの人間に相談したが、無謀だ、止めろ、とみんなに云われるし、やはり無茶なのかと決心は揺れる。まさに混乱の中で日々を過ごした。

その時胸にチカッと光ったのが、いつか地元の青年に云われた、一日三センチ十日に一メートルという開拓民の〝持久〟の哲学である。あの次元に立たねば駄目だと思った。

他人を頼るのは一切やめよう。

自分の体内に今あるエネルギーだけで、今の社会に一石を投じよう。

演劇の為という考えもあらため、究極の目的はそこにあっても、それ以前に今の文明社会のあり方を若者たちに考え直させる。そういうきっかけになる塾を作ろう。

そう考えたら少し気が晴れた。

何も急ぐことなんてないんだ。

可能な速度、可能な範囲で、のんびり考えつつ進めばいいンだ。思ってみれば時間は無限にある。

そう考えたら頭がふっ切れた。

富良野の市街地から二十キロ以上離れた布礼別《ふれべつ》という山合いに、昔農家が開拓しかけて失敗し離農した四ヘクタール（四町歩）程の放置された谷間があると聞き、女房と二人で見に行った。

夏草が茫々と茂る中に一本の頼りない細い農道。求める地はその先にあるらしかった。谷は眠っていた。

だがまずその谷に到達するまでが半端でない困難な作業だった。

農道の左側が急な斜面であり、その急斜面が土砂崩れを起こして右の谷側へと雪崩れこんでいた。何本かの木が土砂崩れに巻き込まれ、農道の中央に立派なシラカバが、根ごとドスンと突っ立っていた。

徒歩では抜けられたがジープは行けなかった。泥だらけになって農道を下りると、巾三メートル程の清冽な流れがあり、古い土橋がその上にかかっていた。丸太を何本か渡した上に、土をかぶせただけの粗末な土橋である。沢に落っこちた古い標識に、許容量三トンの文字が見えた。

だがその橋を一歩渡ると、そこは〝しん〟とした別天地だった。

広いその土地は深い夏草に覆われ、左右を森に囲まれていた。左側の崖下には沢が流れている。四ヘクタールというから結構な広さで、手前の小山に崩れかけた廃屋。はるか先にこれ又崩れかけた一棟のサイロが、生い茂った草の中から頭を出していた。その夏草を分けて進むとシカの群の寝た跡が各所にあり、あちこちに鹿のフンが散らばっていた。

まさにその谷は忘れられ、眠っていた。

持ち主を探し出し、借してくれるよう交渉すると、年間七万円で話がついた。四ヘクタールの土地がである。久しぶりに湧き起こった希望とやる気で全身がワクワクした。

何故か丁度その頃週刊誌の仕事で、網走刑務所のルポを書きに行った。独房に半日閉じこめてくれるならという物好きな要望を出したら受け容れられ、改築前の木造の刑務所の放射状の建物の隅の一室に、ガチャンと鍵をかけられ半日放置された。囚人たちは労働で出ており、少し離れた懲罰房に、咳を時々する囚人が一人。後はしんとした刑務所の中で、閉じこめられていつ出られるか判らない心細い囚人の気持に耽っていたら、何故かあの布礼別の谷の絵が浮かんだ。

刑期を終えて此処を出られたらまっすぐあの静かな谷に走ろう！　そしてあそこに理想郷を創ろう！　金なんかなくて良い。何人かの希望のない囚人を誘い、文明から隔絶した社会を築こう！　草を刈り、地をならし、丸太小屋を何棟かあの地に建てて。

いきなりガチャンと鍵が開き、看守の顔がニコッと笑った。

如何でしたか、閉じこめられた気分は。

谷の廃屋は半分崩れ、四本の柱で辛うじて立っていた。
崩れ残った土壁の上に、かつて離農者が残して行ったらしい大きなクレヨンによる落書きが残っていた。

〃淋しい時には、あの山を見た〃

ガラスの落ちた大きな窓の彼方に、前富良野岳の秀峰が見えた。

いくつかの雑誌で計画のことを一寸しゃべったら、驚く程敏感に反応があった。それより先にせっかちなのが黙って富良野にやって来てしまった。

僕のしゃべったアバウトな計画とは凡《およ》そこういうことである。

役者とシナリオライターの為の訓練・養成の為の塾を開きたい。

何もない所に開くから、勉強もするがまずその施設、住居の建設から始めねばならない。第一にその労働からスタートする。

住居は本格的丸太小屋を建てる。

生活は全て自給自足。

受験料、入塾金、授業料、生活費その他金は一切無料、裸でこっちへ来てくれればいい。

但し、自分の不注意で起こした怪我その他はアト・ユア・オウン・リスク。自分で責任を持ち、当方に責任を転嫁しない。このことには保護者より一札《いっさつ》いただく。

生活費無料、住居費も無料、但し農繁期は援農で稼ぎ、塾生たちの自己管理で賄う。

文明社会とかけ離れたいわば原始的生活をするから、そのことだけは覚悟されたい。

凡そこんなことをしゃべったらドッと反応が来てしまったのである。最初は多分芝居の勉強より、文明を離れた原始的生活、殊に、丸太小屋を建てて北海道に住める、そういう部分にロマンチックな夢を抱いた若者が多かったにちがいない。

僕という脚本家に憧れて、勉強したいという者も多かったが、半数はどうも怪しい応募者も多かった。そして何より彼らを惹きつけたのは、全て無料という点だったのだろう。

しかし僕としてはそう甘い気持ちではなかった。

アメリカに於ける俳優修業の厳しさと真剣さ。それに対する日本の遅れ。殊に映画が衰退してからのテレビの生み出す安易な役者の氾濫に、腹に据えかねる怒りを持っていた。

彼らは殆ど訓練をしていなかった。又訓練をするべき機関もなかった。テレビ局は何処かから拾ってくるだけで真面目に役者や脚本家や演出家を育てることを怠っていた。

諸外国には各大学に演劇科というものがきちんと存在する。

高校にすらある所はある。だが日本には数える程しかない。

これは日本の文化行政に責がある。

明治期、日本には東京美術学校があり、東京音楽学校があった。藝大が出来た時それはそのまま、藝大美術学部、藝大音楽学部として伝承された。だが藝大に演劇科はなかった。

恐らくこれは日本の演劇が、歌舞伎、能、狂言といった伝統芸能に特化され、しかも当時の新劇に左翼色の強い物が多かったせいではあるまいか。

だがその習慣は、映画・テレビという映像芸術というものが生まれてからもそのままで、それでも映画は所属する役者を訓練する機関を持っていた。わずかにTBSが一時期そういう育成機関を緑山に作った時期もあったがそれもいつのまにか霧消した。

テレビは他所からタレントを探してくるだけで産み出す努力を殆ど、いや全くといっていい程していない。

シナリオの世界も同じだった。

辛うじて、日大芸術学部が、そういう学科を作ったが、僕の時代にはスタートしたばかりだった。僕らは先人たちのシナリオ戯曲から全く独学で勉強し、あるいは東宝シナリオ研究所など映画会社の作っている研究所に、コネを伝って聴講させてもらうぐらいだった。

シナリオはともかく演技術において、果たして僕に人に教える資格があるか。そこには勿論不安もあったが、シナリオの読解については多少教える自信があったし、スタニスラフスキーや、そこから発展したアメリカのメソッド、アクターズスタジオの演技術などについては、昔からかなり本を読みこみ、劇団「仲間」の時代から俊ちゃん（中村俊一）について演出を学んだ。その実践のつみ重ねはあったから、ある所までの自信はあった。

他所から講師をつれてくることも考えたが残念ながら、金がなかった。

世の若者が大望を起こす時の常で、志は大きいが先立つものがない。それをエネルギーで乗り切ろうと思った。

芝居を教えるより、生きることが先だ！　まずそのことを先行しようと決意した。どんな人間が来るか、まず一期生と、生きる為のレールを敷かねばならない。再びあの言葉〝一日三センチ、十日で一メートル〟が、心の底から湧き上がって来た。

正式に募集の告知をしたら二百人近い応募が来た。書類審査でまず粗く選《よ》り、その後

『椿ノ恋文』

小川糸

10月刊行予定

鎌倉の「ツバキ文具店」が再開です！

家事と育児に奮闘中だった店主の鳩子が、いよいよ代書屋を再開しま
す。可愛かった娘のQPちゃんに反抗期が訪れたり、亡き先代の秘
めた恋が発覚したり、新しく引っ越してきたお隣さんとの関係に悩ま
されたり……。鳩子は今日も大忙しです。代書屋としても、母親と
しても、少し成長した鳩子に会いにぜひ御来店ください。

『肌馬の系譜（仮）』

山田詠美

10月刊行予定

言葉の粋を集めた小説作品集。

識、倫理、道徳、PC（ポリティカル・コレクトネス）。こんな安っ
い言葉で、人間を語ることができますか？　1985年『ベッドタイ
アイズ』で文藝賞を受賞しデビューして以来、約40年もの間、常
小説と向き合って書き続けてきた作家の作品集です。バラエティに
んだ十数篇を収録予定。贅沢な読書の時間になること、保証します。

『天地無用（仮）』

下村敦史

8月刊行予定

読むと価値観をグルンとひっくり返される

登場人物全員同姓同名の小説を書いたりご自宅がミステリの館その
のだったり。人を驚かすのが大好きな著者の遊び心が詰まった短編
どんでん返されるほどに自分がいかに凝り固まった偏見と価値観の
だったか気付きます。社会派なのに読後感が意外とカラッとエンタ
なのは下村さんが関西人（京都人）だからと勝手に納得。

『サドンデス』

相場英雄

9月刊行予定

のし上がる？ 死ぬ？ 格差を抉るミステリー

女子大生の理子は働けない母親との生活費を稼がねばならず、就職
動まで手が回らない。未来の見えない日々だが、アルバイト先の客
ら渋谷のラウンジで働かないかと誘われて、人生が変わり始める。
かし——。キーワードは格差、SNS、パパ活。社会派と呼ばれる
を心底嫌う著者ですが、本作も現代日本の闇を暴く社会派作品です

閤暗殺
秀吉と本因坊』

坂岡真

9月刊行予定

は暗殺された……？
動地の歴史ミステリ!!

寺の変前夜、信長と碁を打っ
因坊算砂。信長横死の真相を
に尋ねる秀吉とも、碁を通し
係を深めていくが……。

『同じ星の下（仮）』

八重野統摩

9月刊行予定

少女と誘拐犯の奇妙な一週間。戦慄と感動の結末！

ミステリ『ペンギンは空を見上げる』（坪田譲治賞受賞）で読者をびっくりさせた新鋭の新たなる挑戦！　今度は泣けるミステリです。

『鎌倉駅徒歩8分、まだまだ空室あり』

越智月子

11月刊行予定

鎌倉のシェアハウスで暮らす、訳ありな住人たち。

人見知りの香良が始めたシェアハウス。淹れたてのコーヒーと賄い付き。私も住んでみたい、と思いながら目下編集中です。

『わたしを永遠に
眠らせて（仮

神津凛

11月刊行予

欲しいのは私より弱い人。
歪な人間心理が生む惨劇。

妊娠中に夫と死別し、後に流産
た秋夜。再婚で嫁いだ善財家は
獄のような場所だった。思わず
嗚が洩れる長編ミステリーです

あとが
よろしいようで』

喜多川泰

10月刊行予定

せ勉強をするのなら、
楽しいほうがいい。

も金も自信もない上京したて
学生〝こたつ〟は入学早々落
入る羽目に。落語が繋ぐ仲間
出会いが、彼を変えていく。

『世界は一人の、一度きりの人生の集まりにすぎない。』

林伸次

10月刊行予定

バーテンダー作家が描く、恋の儚さと人生の苦味。

初小説『恋はいつもなにげなく始まってなにげなく終わる。』で話題を呼んだ、渋谷で25年バーを続ける著者の待望の第二作。

『君のかけらを
探しにいこう（仮）』

清水晴木

11月刊行予定

あなたの〝居場所〟は
どこですか？

恋愛、ガチャ、SNS、孤独……。現代特有の悩みを抱える高校生を、校務員・平人生が導いていく。胸がいっぱいになる青春小説です。

『はるか、
ブレーメン

重松

好評既

人生の最後、「走馬灯」に
浮かび上がるものとは？

「走馬灯の絵師」として人生の
い出を描く、謎めいた旅行会
「ブレーメン・ツアーズ」と、
歳の少女・遥香の初夏の物語。

『隣人を疑うなかれ（仮）』

織守きょうや

（9月刊行予定

連続殺人鬼、かもしれない……。

ある日、隣人が姿を消したことで漂い始めた不穏な空気。このマンション内に殺人犯がいる？　死体はない。証拠もない。だけどなんだか不安が拭えない。「私の後ろをつけてきた黒パーカの男は、誰？」。会う人全員が疑わしくなるミステリ長篇。織守きょうやさん、作家デビュー10周年、おめでとうございます！

『雨露』

梶よう子

（9月刊行予定

この戦を生き延びていいのでしょうか——

慶応四年。鳥羽・伏見の戦いで幕府軍を破り、江戸に迫る官軍。総攻撃から町を守らんとして、多くの町人も交えて結成された彰義隊は上野寛永寺に立て籠もりますが、わずか一日で強大な官軍に敗北してしまいます。名もなき彼らはなぜ戦いの場に身を投じたのか。彼らの非業の運命を情感豊かな筆致で描き出す、号泣必至の傑作です。

わたしの結び目』

真下みこと

好評既刊

うして〝ちょうどよく〟
良くできないんだろう。

交生の里香はクラスで浮いてい
多名と仲良くなるが、徐々に束
ドエスカレートし……。学校生
ド全てだった頃を思い出す作品。

『いのちの十字路』

南杏子

好評既刊

コロナ禍、介護の現場で
奮闘する新米医師。

映画『いのちの停車場』続編。映
画では、松坂桃李さんが演じたち
ょっとヘタレな野呂君が、介護の
現場の様々な問題に直面します。

まいまいつぶろ』

村木嵐

好評既刊

嫡目前の若君と後ろ盾の
い小姓の、孤独な戦い。

動かず、呂律は回らず、尿も
す……。暗愚と疎まれ蔑まれ
九代将軍徳川家重の比類なき
遠慮に迫る。続々重版。

『アリアドネの声』

井上真偽

好評既刊

光も音も届かない迷宮。
生還不能状態まで6時間。

巨大地震発生。地下に取り残され
た女性は、目が見えず、耳も聞こ
えない——。衝撃のどんでん返し
に、二度読み必至の一冊です。

『約束した街』

伊兼源太郎

7月20日発売

「ある罪」によって
つながった仲間たちの物語。

過去にやり残した「宿題」に、大人になった幼馴染3人が決着をつける物語。友情、約束、殺人、時効など盛りだくさんのミステリー。

『白い巨塔が真っ黒だった件』

大塚篤

7月20日発売

世にも恐ろしい！　現役大学病院教授の描く「教授選」

「先生は性格が悪いと言いふらされています」……僕がいったい何をした!?　それでも医療の未来のために――。ドクター奮闘物

『奈良監獄から脱獄せよ』

和泉桂

8月刊行予定

数学者×天真爛漫男！
凸凹バディが魅せる！

時は大正。無実の罪で収監された弓削と羽嶋は、脱獄計画を企てる。日本で最も美しい監獄・奈良監獄から、知略を巡らせ脱獄せよ！

『破れ星、燃えた』

倉本

8月刊行予

テレビ愛、ドラマ愛で
あの時代を駆け抜けた――

NHK出禁事件、「北の国から」生秘話、偽・倉本現る!?　こなことまで書いて大丈夫……な、大脚本家の痛快無比な自伝

幻冬舎　単行本　新刊案内
2023年下半期刊行予定の小説ほかを担当編集者がご紹介します！

タイトル・内容・刊行月は2023年7月現在のもので変更になる場合があります。

『遠火 警視庁強行犯係・樋口顕』

今野敏

8月刊行予定

事件解決へ愚直に走る平凡な男が眩しい！映像化が続く警察小説シリーズ最新作――。

百年に一度とも言われる再開発が進む東京の渋谷が舞台。ラブホテルで若い女性が殺される事件が発生し、主人公の樋口も捜査に入る。彼は被害者をよく知る女子高生と屋外で接触するも、その様子を何者かがSNS上に流し、あらぬ疑いをかけられてしまって――。樋口は特別な能力を持っていません。地味な印象で、人間関係上、波風を立てるのを好まず、目立つのも嫌い。しかし、そんなスーパーマンではない彼だからこそ、警察機構に留まらず、組織に属する多くの方が共鳴するはずだと断言できます。「シリーズ史上もっとも多く女性が登場する」と著者が言う本作の稀有な設定にも注目してください。樋口役を内藤剛志さんが務めるテレビドラマと、あわせて是非お楽しみください！

面談で一人ずつ逢った。

信頼のおける何人かの友人に手伝ってもらって面談したが、既にその選考場所を東京で確保することから大変だったし金がかかった。

一期十五人の選考基準は、役者・ライターとして見込みがあるかどうかは無論一つの条件だったが、それ以上に体力がありそうかどうか、忍耐力がありそうかどうか、周囲との協調性がありそうかどうか、そして何よりも知識より智恵がありそうかどうか。そのことが最大の基準だった。

原野で生きる最初の条件は、理屈よりそういう現実性だった。そしてとりあえず十五人を決めた。更に、勝手に富良野に押しかけてきた者から二名のスタッフを選抜した。

OとMというかなり癖の強い職人肌の男たちである。この二人に東京で採用したものの中から二人の男を抽出し、来年四月の開塾に向けて、準備の為の〝越冬隊〟を組織した。とりあえず一期生が集結する前に、基礎の基礎だけは作らなければならなかった。

原野の草を刈りブルドーザーで整地をし、塾の基礎となる土地を整備し、近在の廃屋から廃材を取ってきて傾いた廃屋を修復する為の素材を集めることからまず始めた。

廃屋の壁から板を剥がすと錆びてひん曲がった古釘がついてくる。そういう釘を全て集めて石の上で叩いて真っ直ぐにして使った。

四十七歳のまだ若かったぼくは率先してやることで範を示した。こういうことは自分がまず黙ってやって見せなければ誰も後からついて来ない。

わずか数年の経験だったが移住してからの暮らしの成果が僕を少しだけ地方の男にしていた。

一寸引きという言葉を思い出す。重くてとても動かぬ木の根等を動かす時、みんなで力を合わせ時間をかけて一寸ずつ、少しずつ引っぱれというこの土地の開拓者の教えである。そうすればいつかは必ず動く。

教室を作る為の三百本の丸太とオンボロユニックを一台買ったら、乏しい資金がたちまち尽きた。

問題はその三百本の丸太をどうやって塾地まで運び込むかだった。

丸太の重さは一本二トン。それをわが谷に運びこむには許容量三トンの崩れかけた土橋を何とか通して運び込まねばならない。

季節は容赦なく秋から冬へ巡り、谷はいきなりマイナス二十度になった。

雪の季節が到来した。

こっちの雪は縦に降らない。寒風にのって横へと走る。その中で計六百トンの太い丸太を許容量三トンの土の橋を通して塾地の中へ運びこまねばならない。直径三十センチから四十センチ、長さは一本十二メートル。

　どうしたらいいのか頭を抱えた。

　その時以前どこかで聞いた氷橋《すがばし》という言葉を思い出した。

　川の向こうの農地で作った作物を川のこっちへ馬で運ぶ時、先人たちは川に丸太を何本か渡し、その上に粗朶《そだ》を敷きそこへ雪を敷きつめて固める。すると凍ってコンクリートよりかたくなり、作物をいっぱいに積んだ馬ソリが楽々とその上を通れたというのである。うそか本当かやってみべえと、土橋の上に雪をのせ水をかけた。それを何度かくり返すと実際まるでコンクリートのような丈夫な橋が出来上がった。

　ユニックに何本か丸太を積んで、決死の覚悟で恐る恐る通すと橋はビクともせず丸太の重い荷重に耐えた。

　恐るべし先人の智恵である！

　こうして我々は三百本の丸太を、何とか谷に運びこむことができた。それから丸太の皮剝きである。

　この冬のシバレは特に激しく、地球温暖化が進む前のことだから十一月中旬にはマイナス二十五度、それが下旬に来た強力な冬将軍の襲来で、一挙にマイナス二十八度に下がり、それが一週間毎日続いた。そこへ猛烈な吹雪が吹きつけ、体感温度はマイナス三十数度となる。その中でスタッフの鬼塚と森田は歯を喰いしばって丸太の皮を剥いた。のぞきに来た地元のJCの連中が呆れて、あんたあの人方死んじゃうよと云ったが、何とか死なずに二人は生き延びた。

二人はドラム缶に沢の水を入れ、焚き火で焼いた石を放り込んで風呂にし、その中につかって命をつないだ。

眠る時は布団を何枚も重ね、その中に焼き石を何ケも詰め込んで湯タンポ代わりにして死んだように寝た。

今考えると生きていたのが不思議だが、彼らは泣きごと一つ云わなかった。時々東京から助っ人に来る越冬隊の補助員は彼らの働きを見て目を丸くしたが、無言で彼らに倣い丸太の皮を剥いた。

僕といえば資金を産み出さねばならず、必死になって毎晩徹夜で原稿用紙の枡目を埋めていた。

閉鎖して行く炭鉱を舞台にした「昨日、悲別《かなしべつ》で」を懸命に書いた。

あなたは文明に
麻痺していませんか

石油と水は
どっちが大事ですか
車と足は
どっちが大事ですか
知識と智恵は
どっちが大事ですか
批評と創造は
どっちが大事ですか
あなたは感動を忘れていませんか
あなたは結局何のかのと云いながら
わが世の春を謳歌していませんか

この頃僕がノートに書いた、富良野塾創設の起草文である。

採用試験に合格した一期生が、開発中の塾地をボッボツ見に現われ、皆その過酷さに蒼ざめはしたが、凍傷の顔で木の皮を剝く、泣き声一つ云わないスタッフの姿を見てそれぞれ覚悟と決意をかためた。

自分らの生活費は自分らで稼ぎ、自分らで管理しろと云われた彼らは、東京で何度か逢い議論を重ねたらしい。

自給自足といってもそう簡単に作物は育たず、農繁期、厳しい人手不足に見舞われる農家への援農でとりあえず糊口をしのぎなさいと大まかな方針を教えてやって、農協にも紹介してやっていたから、その線で彼らは生活設計を、彼らなりに必死でしてみたらしい。

ある日一応のリーダーになる男が電話をしてきてオズオズと云った。

農繁期みんなで稼いだ金で、一年を喰って過ごすとすると、どう計算しても一日一人三食の食費が二百八十円にしかならないんですけどどうしましょう。

それしか出ないならそれでやるしかないだろう、そうつっぱねたら彼は苦し気に、そういうもンですよね、と素直に引き下がった。

実は僕にはその壁を突き破る一つの秘策の用意があった。

今農村では作物の四割を規格外品として捨ててしまう。その外品をいただくか、あるいは黙って拾ってくれれば、食料は充分確保できるのではないか。農協は駄目だというかも知れないが、そんなもん無視してやってしまえば良い。いざとなったらオレが責任をとる。こう云ったらみんな一寸安心した。

以後閉塾まで二十六年間、我々はその方式をかたくなに貫き二百八十円で三食を賄った。いや最後には百九十円で済ませた。消味期限切れで捨てられる弁当や惣菜を〝自己責任で〟拾って来たからである。食中毒は一度も出なかった。

開塾してから最初の冬。

ある日猛然たる吹雪をついて一台のタクシーが塾地に入ってきた。降り立ったのは石原プロの小政こと小林正彦専務である。

「何も云わずに明日から一ヵ月。わしにあんたの体を預けろ。明日から一ヵ月ハワイに行って、裕次郎の映画を書いて欲しいんや。他の仕事はわしがみんな断ってやる！」

この男の依頼は殆どやくざである。

冗談じゃない！　と僕は断った。僕は今めちゃくちゃに忙しいンだ。塾のことはあるしテレビから入っている仕事もある。しかし小政は頑強だった。一緒に来ん限りわしは動かん！　力ずくでもあんたを取って行く。すぐに仕度しろ。わしと来るんじゃ!!

結局僕は強引に押し切られ、ハワイに一週間拉致されることになった。

その時小政は何も説明せず、詳しいことを一切伏せていたのだが、実は裕ちゃんが病気にかかり最期の華を咲かせたいと映画を作ることを切望し、そのシナリオを僕に頼みたいと小政に命じたのだ。実はこの時裕ちゃんの病気の重さを、裕ちゃん本人も全く知らず、小政と渡哲也だけが秘かに医者から知らされていたらしい。僕は全く知らされていなかった。

そしてそれから三年後、一九八七年七月十七日、石原裕次郎の死に至るまでの、彼との空しいシナリオ作りの日々を、何も知らぬまま送ることになる。

裕ちゃんはハワイのワイキキのホテルで、一人で僕の到着を待っていてくれた。とってくれたホテルのスイートを自ら点検し、ここでいいかと僕に笑いかけた。

石原裕次郎。

生年月日の三日しかちがわない、この昭和の大スターの大きさと悲しみを、僕が初めて本当に知ったのはこの最初のハワイ滞在での一週間の中だったのではあるまいか。

人間としての彼の大きさを、僕は初めて知り一寸おどろいた。

これまで何度かターキーさんの家で逢ったり、札幌で朝まで飲んだことはあったが、石原裕次郎は僕の中であくまで日活の大スターであり、笑顔をふりまく太陽だった。

その太陽の初めての内面、役者として人としての影の部分に触れたのは、多分この時が初めてだったと思う。

その時裕ちゃんは最後の住居になるカハラの邸を買おうとしていた。

その新邸の売買の為だったかと思う。何人かの現地人と一緒に外で食事をした。その時僕は裕ちゃんとは離れた、大きな食卓の一番端にいた。マコちゃん（三枝夫人）と二人、並んでいた。

僕は何となくマコちゃんと、新居についての話をしていた。

「ベッドルームは別々にした方がいいぜ」

何気なく云ったら、

「何故？」

マコちゃんが急に僕を見た。

僕は何回も家を変えたが、既に四十歳になった頃から夫婦の寝室を別々にしていた。夫婦はいずれどっちかが先に死ぬ。その時隣にもう一つのベッドがあり、そこに昨日まで寝ていたつれ合いの姿がいなくなっていたら、それはたまらない。耐えられないと思っていたからそうしたのである。

そのことを話したら彼女は急に、すばやく裕ちゃんをチラリとふり返り、彼が他の客と話しているのを見るや僕の方にグイッと顔を近づけ、小さな声で耳元で囁いた。

「私、今、毎日、そのことばかり考えているンです！」

いけないことを云ってしまったかと、僕は瞬間ドキッと反省した。

命の告知をされているとは全く思ってもみなかったけれど、既に大病を彼はしており、医者からの指令でかなり厳しい食事制限を課せられていると思われた。

あれ程好きだったアルコールにも今は全く手をつけず、連夜ホームバーのカウンターの中でひたすら僕の為にワインを注いでくれ、マコちゃんが僕の相手をしてくれた。

晩めしの時に出してくれた料理も、裕ちゃんだけはマコちゃんの作った特別の病人食で「つまんでごらんよ」と裕ちゃんが云うから一口つまませてもらったのだけど、それが病人食かと疑う程の、濃密な香りのすばらしい味付けで「旨い!!」と思わず叫んでしまったら「だろう?」と裕ちゃんが嬉しそうに云った。

実際、病院で出される病人食の味気なさとは比較にならない凝った味だった。

ああこの夫婦は愛し合ってるのだなァと、その愛の深さを沁々《しみじみ》と感じた。その翌日の出来事だったから、マコちゃんの反応にドキンとしたのだ。

その一週間裕ちゃんの家で、僕らはひたすら映画の話をした。

裕ちゃんは明らかにそれまでの日活の石原裕次郎から脱皮しようと苦しんでいた。

文芸作品を彼は望んでいた。

ただ彼の云う文芸作品は、時代をさかのぼるノスタルジックなもので、「陽のあたる場所」だったり、ローレンス・オリヴィエとジェニファー・ジョーンズの「黄昏《キャリー》」だったり、「カサブランカ」だったり、「哀愁」だったり、現代のものとはかなりずれていた。彼は往年の名画の中にその理想像を持っているようだった。

同席した小政は裕ちゃんの前では、一切意見をさしはさまなかった。だがホテルに帰る車の中で、二人きりになるとはっきり云った。「わしは大将にはそういう映画は絶対作って欲しくないんや。大将にはこれぞ石原裕次郎というこれまでの裕次郎の集大成を作って欲しいんや！　だってそうだろ、石原プロが全力をかけて久しぶりに映画を作るのに、万一コケたら大事件や！　絶対大成功させねばならん！　それには裕次郎が裕次郎の客を確実に満足させるものを作らにゃいかん！　石原裕次郎はファンにとってあくまで石原裕次郎なんや！　失敗させるわけには絶対いかんのや!!」

小政の云うことも判ったが、裕ちゃんの云うことももっと判った。

悩んだ揚句一本のシノプシスを僕は徹夜して書き上げた。

「船傾きたり」

それは裕ちゃんの出世作「狂った果実」の、後日譚とも云うべきストーリーだった。かつて、太陽族だった一人の青年が映画会社の製作部長になっている。中学生の戦時中彼は教師にこう云ってかみついたことがある。船が沈む時船長は船と運命を共にせよというが、それは本当はまちがっていないか。あくまで生き残ってお国の為に尽くすべきではないか。この映画は彼のつとめる映画会社が不渡りを出して倒産するその一日のドラマである。昔船長の死を否定した彼が、今その会社がつぶれる日、彼は会社と運命を共にし自殺の道を選ぼうとする。

このシノプシスに小政は怒った。

映画会社がつぶれる日なんて！　そんな縁起悪い映画が作れるか！　ダメやダメや絶対そんな話ダメや!!

裕ちゃんは一寸興味を示した、かに見えた。だが結局はボツになった。

ヘトヘトになって飛行機に乗った。

「疲れたろう。まァゆっくり寝てくれ」

小政が云ったのでシートを倒して寝ようとしたら、後ろの席から幽鬼の如き低音がいきなり僕に囁きかけて来た。

「クラモトォ」

びっくりして体を起こし後ろを見たら、なんとその席に若山富三郎さんの巨体が、ぐったり倒れてこっちを見ている。

「ア！　若トミさん!!」

「クラモトォ、オレァもうじき死ぬんだァ」

「いきなり変なこと云わんで下さい！」

「ウソじゃねぇ。医者に宣告されたンだァ。今年いっぱいは持たねぇって云われたァ」

「そんなァ」

「クラモトォ」

「ハ」

「オレの最期の映画を書けぇ」

「ハ。ア。イヤ。そんなこと急に云われたって！」

「クラモトォ」

「ハ」

「勝（新太郎）にお前映画を頼まれてンだろ」

「ハ。イヤ。アレハ」

「そっちはいいから、こっちを書けェ」

「イヤ」

「クラモトォ」

「ハ」

「オレはもう永くねぇンだよォ。男ならオレに最期の映画を書けェ」

小政が脇から助け舟を出してくれた。

「すみません！　クラモッちゃんゆうべ裕次郎と映画の打ち合わせで朝まで」

「裕次郎は放っとけェ。オレに最期の映画を書けェー」

恐ろしい便に乗っちまったと思った。

寝ちまえ寝ちまえ！　と小政に目顔でうながされ、毛布をかぶってコトンと落ちた。

若富さんの幽鬼のような声が、睡魔の間から時々聞こえた。

「クラモトォ」

翌日の夕方半死半生で、吹雪の富良野に帰りついた。裕ちゃんとのシナリオは仕切り直しになった。

若山富三郎はそれから数年後、京都であの世に旅立たれた。殺陣《たて》の名手であり、豪快な方だった。父は長唄三味線の杵屋《きねや》勝東治《かつとうじ》。若山富三郎と勝新太郎が映画の世界にスカウトされた時、どうしてオレはスカウトされねぇんだと怒鳴ったという何とも粋な良い男だった。若富さんの「クラモトォ」という、あの低音が耳から離れない。


一九八四年。四十九歳。

この年僕は日本テレビで、旧友の演出家石橋冠と組み「昨日、悲別で」というドラマを作った。

第八次石炭政策が出される寸前で国のエネルギー政策は石炭から石油へ転換しつつあり北海道の炭鉱はどんどん閉鎖されようとしていた。その中で、架空の町「悲別」を舞台に、青春グラフィティを描こうとしたのだが、その元にはいつも札幌へ行く時に車で通る上砂川《かみすながわ》の上歌《かみうた》会館という、気になっていた映画館らしきものの廃墟があった。

ある雪の日、板で閉ざされたその入口からもぐりこむと、そこはまさしく映画館の跡で、広いロビーと二階に映写室。客席の屋根は雪で落ち、二脚程残った椅子の跡。スクリーンがあったろう広い舞台。恐らく昔炭鉱夫たちが厳しい労働から解放された後に心を休めたろう時間が凍っていた。裕ちゃんやルリ子、赤木圭一郎、あるいは萬屋錦之介《よろずやきんのすけ》や市川右太衛門《うたえもん》、大川橋蔵《はしぞう》らのポスターがロビーの壁にはまだ貼られており、映写室には何と二台の、博物館ものの古い映写機。そこにはその頃の光源となった古いカーボンの燃えカスまで残っていた。

何ともいえない往時への想いが僕の心を締めつけた。

当時は何万という炭鉱夫と家族で賑わっていただろう、日本の基幹産業を支えて来た小さな田舎町。彼らの唯一の娯楽の場だったにちがいない石造りの古い文化遺産が放置され、忘れられ、氷結に凍りついて眠っている。

僕はその小屋に〝悲別ロマン座〟という名をつけてこのドラマの一つの核に据えた。

この「悲別」はその後富良野塾で舞台化し、「昨日、悲別で」から「今日、悲別で」、「明日、悲別で」、只「悲別」。そして遂には「KANASHIBETSU」と発展して、カナダやアメリカのニューヨークで上演され、僕の一つのライフワークとなる。

とにかく強引にスタートした富良野塾は、曲がりなりにも始動し始めた。

塾の財源は全て自費だったから、僕が稼がねば動かなかった。だから連日夢中で筆を運ばせた。資金がなくなると塾生は援農に徹し、資金が出来ると住居を建てた。塾生も僕もそれぞれ必死だった。

塾生は朝から援農に出る。丸一日泥だらけで畑に這いつくばり、帰って自らの住む所を作ることの手伝い。す早く飯を喰い、それから授業。授業を受けながら半分眠っていた。


人が生活する為には水をまず確保しなければならない。電気はなくても、まず水である。

塾地を求めてこの谷に辿りついた時、それが一番の課題だった。沢は流れている。布礼別川の上流で清冽な水が常に流れている。だが飲用にはならなかった。

アイヌ語によれば川には二種の川がある。ベッという川と、ナイという川である。大雨が降ってもナイは暴れない、ベッは暴れる。布礼別川には別《ベツ》の字が入る。してみると大雨で洪水が起きる。起きる可能性は覚悟せねばならぬ。それはまぁ良いとして飲み水である。しかしここには、昔、人の住んでいた形跡がある。どこかに飲める水があった筈だ。

古老に色々たずねて廻ったら、たしかあの谷の南側の崖に、明治期から続く湧水があった筈だという話をきいた。熊笹を分けて崖を探したらたしかに噴き出している湧水を発見した。市の水道課に調べてもらったら、まちがいなくきれいで豊富な水で二〜三百人は賄えるという。それがこの谷に決めた決め手になった。土管に砂利を入れて簡単な浄化装置を作り、そこからパイプで水を引いた。それが我々の生命線になった。ところが。

二年目の夏。その湧水が急に出なくなった。あわてた。

うちの塾地の湧水だけではない。近在の湧水、井戸水が、全て一斉に止まってしまったのである。

農村は作物を洗い、選別して出荷する。たとえば人参。ここらは人参の大産地である。塾生たちは終日人参と泥だらけになって格闘している。穫れた人参は人参工場に運ばれる。工場は大量の水を消費する。その水までぱったり止まってしまった。

急報を受けてとりあえず十数ヶのポリタンクを仕入れ、水で満たして塾へと運んだ。まずは飲料水を確保せねばならない。

夕刻へとへとになった塾生たちが泥だらけになって帰って来て、いきなりその水で体を洗い始めたから思わずカッとなって怒鳴ってしまった。「沢の水があるだろう！　体を洗うのは沢の水で洗え！」

若者たちはキョトンとしていた。

彼らには、上水と下水のちがいが判らなかったのだ。

水の豊富な日本にあっては蛇口をひねれば出てくるのが水。飲むのも料理に使うのも、体を洗うのも同じ一種類の水だと思っていたのだ。

水涸れはそれこそ大事件だった。

あわてて水をポリバケツで運び、タンクに溜めるという作業が加わった。

考えてみると都会の暮らしでは、水の供給は全て水道局がやってくれるから他人事のように考えている。断水すれば水道局に文句を云い、国の責任として怒鳴りまくるだけだ。

だがこの谷ではそうは行かなかった。

何処かから、何とかして確保しなければならなかった。

井戸屋に頼みこんで急遽井戸を掘ってもらうことになった。

井戸掘りという作業は大変な作業である。地下にどのような水の流れがあるのか。これが意外に学者にも判っていない。井戸屋の経験値でまず地形を見、生えている樹木の樹相を見極めて、ここだろうという場所をボーリングして行く。ボーリングの料金が当時で一メートル一万円。すぐに水みちに当たれば良いが当たらなければ百メートル百五十メートル、どんどん費用がかさんで行く。こっちはその費用を捻出する為に、一枡一枡原稿用紙の枡目を埋めていかねばならないのである。

頭をかかえた。

そもそも一体どういうわけでここらの水がいきなり涸れたのか。

塾地は十勝連峰から続く前富良野岳の山裾にある。布礼別川にベベルイ川。十勝連峰から流れてくるいくつもの沢が、山に降った雨、雪解け水をここらの平地に流入させ、広い大地をうるおしている。恐らくその地下を流れる伏流水も似たように地下の水脈を通し、湧水として地上に出るのだろう。

その水脈の水を通年貯え、一年中下流へ流しているのは、山を覆っている森の力である。ところが。

仰ぎ見れば塾の谷間から前富良野岳にいたるベベルイ地区の広大な斜面が、何年か前から農地改良事業で、髪を刈るように森を皆伐《かいばつ》され、剝き出しの土の荒地になり、更にそれが農地へと転換されつつあった。ブルドーザーが毎日何台も走りまわり、大地を黒く変えつつあった。

その上流を呆然と見上げながら、僕の頭に一つの疑念がゆっくり、じんわり湧き出して来た。

あの広大な森を伐られたことが、今回の水涸れに関わっているのではないか。

その時から僕は森と水のことに、人間と自然のことに、即ち地球の環境問題に、初めてはっきり目をさますことになる。

話が突然前後するが「北の国から」の最初のシリーズ、全二十四回が放送を終えた春、富良野には劇的変化が起こった。

大体このドラマを作り始めた時、舞台になる麓郷という寒村の地名をそのまま使用して良いものかどうか。架空の名前にすべきではないのかと地元の友人たちにしつこく相談した。

テレビの影響は馬鹿にならないものがあり、突然ブームを巻き起こしたりするから、麓郷というこの静かな地域を変な騒動で乱しては大変だ、そういう危惧がかすかにあったからである。ところが地元の人たちはそのままその名前を使ってくれと云った。こんな過疎の村が有名になったら、そんなうれしいことはない。大いにロクゴウの名前を使って世間に宣伝してくれと云った。だからその名前をそのまま使った。

僕のその危惧が的中したのを知ったのは、ドラマが最終回を迎える前の回。二十三話の終わった直後である。

ドラマの放送は金曜の夜十時から十一時だったのだがその翌日の土曜日の昼、麓郷からいきなり電話が入った。

大変だ！　麓郷に車の渋滞が起きてる！　それもロケ地の農道の、まだ除雪も全然できてない所だから車が何台も吹きだまりにつっこんで動きのとれん状態になっとる！　すっとんで行ったらその通りだった。

ＪＣの連中を急遽招集し、農家のブルドーザーが動員されて、つっこんだ車の救出にあたった。

翌日の日曜日はもっとひどかった。

午前中だけで数十台の車が来た。午後にはそれがもっと増えた。

ＪＣの連中は妙にはしゃいで、ここらでこんなことは初めてだ！　めでたいことだ！

今夜は飲むべ!!　などと、能天気に浮かれて騒いでいたが、土日が終わったら客足は絶え、いつもの麓郷が戻って来た。

なんだ。あれだけのことだったンか、と、みんな気の抜けた顔をしたのだが、翌週、いよいよ最終回の終わった、その翌土曜が殆ど事件だった。

朝から数百台の車が押しかけ、麓郷街道が大渋滞になったのである。

それでも地元のJCの連中は大喜びの大はしゃぎで「いつか先生の云った通りになったな！　天の岩戸が開きかけとるゾ!!」

すっかり興奮してはしゃいでいるのである。

ところが事態はそんなことでは終わらなかった。

翌週の土曜日は千台を超え、翌日の日曜には何と、いきなり五千台を超える車が押しかけて、どうもブームは本格的様相を呈してきた。

土日に限らずウィークデイまで観光客が押しかけ、増え続けた。

農家のトラックやブルドーザーが渋滞の列にまきこまれ、仕事にならんから何とかしてくれと市役所に泣きつく有様だった。

あわてた市は農道をアスファルトに舗装すると云い出したが万一続篇が作られることになったら、農道は農道のままであって欲しいから勘弁してくれ、とお断りした。そのうち押しかける観光客を目当てに、ロケ地のすぐ前に町の有力者がラーメン屋の小屋を建て始め、その為そこまで電気を引く為の電柱を建てる工事が始まりかけた。これには本当に参ってしまった。

「電気がないッ!?」が売り物のドラマである。

電柱が立ったらドラマが成立しない。間に人を立てて止めてくれ！　と頼んだが、いくら頼んでもラチがあかない。もめにもめていたら郷土愛に燃える町のやくざが突然現われ、「先生、あのラーメン小屋、縄つけてわしらで引き倒しますか」と云い出し、穏便に穏便にとなだめたりして何とか電柱は建たないで済んだ。

ラーメン屋はオープンしたが半年で潰れた。

そんなこんなでその年の七月にはドラマにも使ったラベンダーが咲き出し、中富良野にあるラベンダー農家、ファーム富田に人が押しかけて、富良野ブームは一挙に爆発した。

そもそも富良野は北の峰のスキー場に、年間二十万のスキー客が訪れる。そんな小さなリゾート地だった。それがこのいきなりの「北の国」ブームでこの夏いきなり二百万！　という、桁ちがいの観光客を集めてしまったのである。

これには驚きを通り越して仰天した。

天の岩戸が本当に開いてしまった！

一つの町が一ヶのドラマで一桁ちがいの観光客を呼び寄せた！

このニュースは日本のみならず、外国のニュースにもなったらしい。

カナダから一人の恰幅の良い紳士が、いきなり富良野の僕の山小屋を訪ねて来た。カナダを代表する大コンツェルンCP（カナディアン・パシフィック）グループの極東支配人、J・シモンという名の人物だった。

カナディアン・パシフィックは鉄道から始まり、航空、ホテル、あらゆる分野にいたるカナダ屈指の大企業である。そこの極東支配人がわざわざ僕をたずねて申されるには
「貴殿は一本のテレビドラマで一つの町を活性化され、二十万だった観光客を一挙に二百万に拡大されたと聞いた。是非カナダでもそういうドラマを作って欲しい。ついては貴殿を奥様同伴でカナダの西から東の端までご案内したいので、この招待をお受け下さるや？」

下さるやも下さらんやも、とび上がりたい思いだったが、軽く思われるのも業腹だったから、ウーム今年はスケジュールがなァ、と手帖をとり出し、何度も頁をめくってみせて、×月の×日から×日の間なら何とか時間がとれるかも知れん。イヤそんな日数じゃカナダは広いからとても廻れない。せめて二週間は空けていただかないと。二週間！

ウーム、こりゃ大変だと今度は本気で手帖を見直す。日本のライターのせこ過ぎる日常を敵に見せるのもこれ又国辱で、ああだこうだと色々悩み、結局十二日程のスケジュールを確保した。

その日が遂に来てカナダに着いたらこの御招待が一寸した国賓なみだった！

何しろCPはカナダ各地に、いずれも城みたいな石造りの、歴史と由緒あるホテルを持っていてそこの最高のスイートに泊められる。ある時は先月ダイアナ妃がお泊りになった部屋なンてのに通されて、チェックアウトする時、気が付いたらお供の為の部屋がもう二つあったなんて云う、夢のような日々をたっぷり過ごした。

そうまで歓待されてしまったらこれは何かもう書かざるを得ない。

速い！　安い！　うまい！　を標榜する成り上がりの気の小さいライターとしてはこの旅の間にカナダを舞台にした十三話連続のテレビドラマのシノプシスを豪華なスイートで楽々と書き上げた。何しろ日活の用意してくれる書き宿に比べればバラックと宮殿のちがいなのである。

帰国してすぐに日本テレビに話したらすぐ大乗りに乗ってくれた。何しろ一国家がバックについているアゴアシ付きの撮影なのである。カナダ大使館に何度か出向き、あちらの州政府の役人と日本テレビを引き合わせたりして万事がスムーズに進行し、いよいよ来週ロケハンへ出発という折も折。突然大事件が勃発した。

日本テレビに内閣改変があり、突如大きな人事異動があって制作部長が変わってしまったのである。ふいにこの企画はノーと云われた。

まさに青天の霹靂である。

カナダ政府との話は既についている。

シナリオは何本かもう出来上がり、役者も半分以上決まっている。

そこへ突然局がノーである。

この厳しい御時世に外国ロケなんてまかりならんという新制作部長のお達しである。何度頼んでも答えはノー。プロデューサーもオロオロするが彼の力ではなんともならない。

カナダと日本の間に立って、僕は参った。というより怒った。

思い切って河田町のフジテレビに行き、当時編成局長だった日枝久《ひえだひさし》氏に直訴した。こうこうこうで企画も決まり、カナダ政府との交渉も成立し、役者もシナリオも進んだところで日テレの人事異動ですべてが白紙に戻ってしまった。役者・シナリオごとこの全企画を、フジが引き取ってくれないだろうか。

ドラマのタイトルは「ライスカレー」。

出演交渉のもう済んでいるのが、中井貴一、時任三郎《ときとうさぶろう》、陣内孝則《じんないたかのり》、藤谷美和子《ふじたにみわこ》、風吹《ふぶき》ジュン。

「北の国から」の成功の後である。

日枝局長は話を聞いて、一週間待ってくれと云ってくれた。

一週間とのことだったがすぐ翌日に解答が来た。「やらせていただきます」。

当時のフジテレビは決断が速かった。

僕は心底頭を下げた。

カナダ大使館で事情を話したら向こうは明るく「ノープロブレム」（問題ない）と云ってくれ、直ちにフジにプロジェクトが組まれた。

中村敏夫がプロデューサー、杉田成道《しげみち》・河毛《かわけ》俊作が演出というチームである。外国ロケに彼らも張り切った。一週間後にはもうロケハンと、カナダ俳優のオーディションの為バンクーバーに飛んでいた。

ごく短期間の告知にもかかわらず、バンクーバーでは三百人以上の役者がアッという間に応募して来た。ユニオン、ノンユニオンとり混ぜた役者である。

アメリカ、カナダにはユニオンに登録しているものとそうでないもの、二種類の役者がいる。所属しているものの方が断然質が高いがその分ギャラも高くなり、ユニオンの役者を一人使うと全てがユニオン価格になる。できるだけノンユニオンの役者を選んで経費の削減をはからねばならなかった。

それでも中々実力のある何人かの役者を確保することが出来た。

バンクーバーはアメリカ・ハリウッドの影武者といわれる街である。ハリウッドやロス、サンフランシスコではロケの経費が格段に高くつくから、ハリウッドはバンクーバーに多数のロケ隊を送りこみ経費の削減をはかろうとしていた。だからこの街にはチャンスを狙うべくカナダの役者が多数集まり、その分質も中々高かった。

我々はとりあえずオーディションを終えると、バンクーバーのあるブリティッシュコロンビア（BC）州から、主たるロケ地となるアルバータ州へ移動した。

アルバータ州はバンフとジャスパー二つの街の中間に連なるロッキー山脈の麓の地区である。氷河と湖と森に包まれたこの地域はさすがに富良野など足元にも及ばないスケールの自然に溢れていた。

一週間程のロケハンを終え、バンクーバーに舞い戻って今日は帰国というその早朝。突然事件が発生した。

その日僕らはシェラトン・ランドマークという湾を見下ろす高層ホテルに泊まっていた。スタッフは四階、僕一人は最上階の三十九階で寝ていた。

何だかうるさくて目を覚ました。時計を見たら七時一寸前。寝ぼけ眼《まなこ》でベランダに出て、下をふと見たら凍りついた。ホテルの下層から黒煙がもくもくと噴出してこの階のすぐ下まで近づいて来ている。眼下を見たら無数の消防車、そして野次馬。室内で電話が突然けたたましく鳴り、あわててとったら「ＦＩＲＥ（ファイア）！」と一言。それでガチャンと切れてしまった。

すぐ洋服を着、靴をはいて、パスポートを摑むと廊下にとび出した。すぐ目の前にエレベーターホールがあったがエレベーターは危険だと判断して非常口を求めて廊下を走った。建物は四角になっているが他の客は全くいなかった。非常口を見つけて中へととびこむとそこは生コン剝き出しの階段ルームで上下へ向かって階段が延びている。早くもプウンと煙の匂いがした。下へ走りかけてふと立ち止まった。以前見た映画「タワーリング・インフェルノ」が頭の中にフラッシュバックした。あの時は屋上にヘリが助けに来た。上へ向かって走りかけ又止まった。あのヘリはたしか着陸に失敗した！　それで又下へ走り下りた。二、三段とばしで階段をかけ下りると下へ向かっている外人客たちの列にぶつかった。列は延々と下へ向かい、みんな寝起きのあわただしい姿で中には半分ネグリジェ姿で泣きながら下りている婦人の姿もあった。キナ臭い匂いが少しずつ増して来た。

避難客の列は下へ向かっていた。ところがそのスピードがひどく遅いのである。遅いのだがみんな礼儀を守ってか前を追い越そうという人はいなかった。突然壁の扉が開き、誰かが大声で何かを叫ぶと客たちはそっちへバッと流れ出た。別に、もう一つ非常口があると、誰かがみんなに教えたらしい。かなりの人数がそっちへ走り僕はそのまま階段を下りた。人が減ったので前方が見え、スピードの遅い理由が判った。一番先頭に小錦のような肥った老婦人が足をひきずって一歩ずつ下りておりみんなその婦人を追い抜けなかったのだ。僕は反射的にそこまで駆け下り、婦人に近づいて思わず叫んでいた。

「カモンマイバック（背中にのれ）!!」と。

婦人は泣きながら「センキュ！」と云って僕の背中に身をゆだねてきた。ギリシャ人らしいしっかりした男が、お前大丈夫かと聞いてきたので、大丈夫だ、皆を先導して先に行かせろ！　と叫んだら、判った、頼むと僕にうなずき皆を誘導して下へ走り出した。

さてそこからが問題だったのだが。僕は全力で小錦をかついだ。かついだはかついだが全てがグニャリとした肉塊で、支えるべき芯が全く見つからない。中央にあるべき骨格が、どこにあるのかさっぱり判らない。何度かゆすりあげそれらしき物を発見してそれを軸にしてエイ！　と持ち上げたら僕の腕の両側からダラリと左右に肉が垂れた。かまわずゆすり上げ何とか背中に乗っかってくれたから僕はそのまま夢中でヨチヨチ駆け下りた。煙は段々濃くなって来て人はどんどん追い抜いてゆく。一度休んで背中から下ろしたら又芯を見つけるのが大変だと思ったからとにかく僕は必死に一歩ずつ足を動かし続けた。

どうしてあんな凄い力が僕にあったのか判らない。火事場の馬鹿力とは、ああいうのを云うんだろう。突然ガスマスクをつけた十数人の消防隊員が壁際にずらりと並んでいるのが見え、下に行け下に行け！　と僕らを誘導した。そこ（十階）を過ぎたら急にスウッと煙が退《ひ》けた。どうやらその階が火元だったらしい。小錦が僕に半泣きで云った。

「ソーリー。アイム　トゥ　ヘビィ。アイキャンウォーク」

思わず「サンキュー」と哀しくも叫び、小錦の体を背中から下ろすと腕を摑んで肩に背負い歩いた。

その日飛行機に乗る頃から急に、脚がガクガクと震え出した。成田で乗り換え旭川に着いても両脚のガクガクは止まらなかった。

そんなことはあったが「ライスカレー」のロケは一応順調に進行した。小さな事故といえばケベックのホテル、シャトゥ・フロントナックのスイートで北島三郎が七輪でメザシを焼き火災報知器が全館に鳴り響いた。それ位だった。

富良野は相変わらず観光客で町の中までごった返していた。JCの連中は狂喜していたがこれは僕にはとんだ誤算だった。

静かな山村で暮らす気で来たのに、ちっとも静かな山村ではなかった。自業自得といえばたしかにそうだった。

一九八六年第八次石炭政策が発表されて周辺の炭鉱は軒並み閉山に追いこまれた。最初は激しい抗議の赤旗とシュプレヒコールがヤマをゆすったが一年もたつと人々はあきらめ、三々五々とヤマを去って行った。炭鉱夫達から突き上げられたある炭鉱の組合長が責任をとって自殺するという衝撃的な事件も起きた。

炭鉱の土地は大体会社が国から借りあげていたもので、閉山した炭鉱一帯の地面は役を終えると国に返される。ヤマに建っていた無数の炭住（炭鉱住宅）は住人を失ってどんどん廃墟になり、その廃屋に火がつけられた。炭住を焼く赤い炎が、雪の降り出した山のあちこちを赤く燃え上げて遠くからも見えた。

ある夜燃やされる人の消えた炭住を塾生をつれてこっそり見に行った。

ガランとした無人の炭住の跡には破れた窓から雪が吹きこみ、壁には張られたままのアイドルのポスターが半分千切れて風に揺れていた。その時つれて行った塾生の一人が、土間からのぞいていた小さな紙片を掘り出し黙って僕にさし出した。

それは小さなメモ書きで、そこにはこんな文字が書かれていた。

〝父ちゃんおつかれさま。冷蔵庫にチャーハン入っています〟

恐らく三番方《かた》で明方帰ってくる父親に対し母親が残したメモの切れはしだったのだろう。思わず鼻の奥がツンと熱くなり、塾生たちと僕はその場に立ち尽くした。

閉山の決まった夕張・芦別《あしべつ》・上砂川・歌志内《うたしない》、炭鉱の町の若者たちが、突然富良野塾を訪れて来たのはそんなある日のことだった。

意気消沈したそうした山々の若者たちの為に、何か力の湧くイベントをやってくれないか。それが彼らの要望だった。

自分に一体何ができるか。

重い要求を突きつけられて僕は真剣に考えこんでしまった。

テレビで流された「昨日、悲別で」。あれをそのままミュージカルにして閉山する（あるいは既にした）町々で上演してくれないか。しかもテレビと同じキャストで。それが彼らの希望だった。

舞台の演出はしたことがなかった。

只その昔、学生時代、劇団「仲間」の稽古場に通って中村俊一の演出の技術を必死に学んだあの頃の感動が辛うじて胸に住みついている。その位の頼りない力しかなかった。

彼らの依頼の熱量は凄かった。

同時に無知無謀ももの凄かった。何しろテレビと同じキャストで、資金はないがやってくれというのである。

しかし。

と僕は考えこんだ。

以前から北海道に来て三種の廃屋が気になっていた。

漁村・農村・ヤマに残る三つの廃屋がである。それがいずれも日本の成長期を支え、不要となると苦もなく捨てられる。いわば棄民の歴史であること。

丁度そのころ新聞の片隅に近くの炭鉱で〝神返し〟の儀式が行われたという小さな記事を見つけ、僕の心に何かがはじけた。

炭鉱、ヤマの神はいずれもそのヤマが開かれる時、瀬戸内の大三島《おおみしま》からお招《よ》びするものと決まっているらしい。だから閉山が決まった時には御神体を大三島にお返しするのである。お返しした時からヤマの神々は彼らの土地を去られてしまうのだ。これまで春秋の祭りの季節に各村それぞれに賑やかに祭り、家内安全、仕事安全を祈るべく信仰の対象とされて来たヤマの神様。それが瀬戸内に里帰りされてしまい、信仰の対象さえ失ってしまったヤマの人々の心情は、どれ程悲しく心細いものか。その哀しみを一体僕は、どの位本当に判っているのか。

彼らの現実の仕事場であった炭鉱の地の底の世界というものが一体どのようなものであるのか。この目で見てみたいという気持ちが突きあげた。

そのことを話すと炭鉱の町のメンバーは是非見てくれと即答して来た。そしてその時辛うじてまだ少し稼動していた上砂川の炭鉱の、地下千メートルの切羽《きりは》まで、案内してくれることになったのである。

それは今まで多少想像したことはあったが、全く初めて体験する、それこそ未知の世界だった。

管理の責任者、数人の屈強なベテラン炭鉱夫に守られて、まず初めて見る地下の世界のかなり複雑な坑内図を見せられ、安全の為のレクチュアを受け、坑内での作業着、安全靴、キャップライトをつけたヘルメットをかぶって坑道の入口である蛍カゴに向かった。

蛍カゴ。

それはまず地下二〜三百メートルまで一気に下りるエレベーターである。ビルのエレベーターとちがうのは壁面が全て荒く削られた岩石と土であり、キャップライトの光の中でその壁面が目まぐるしく上へ飛ぶ。一定間隔に標識となるライトが光り、それが次々に上へ去ってゆく。

平静を装っていたがドキドキしていた。

網走刑務所の暗い独房へ入れられていくような気分が一寸した。

蛍カゴの落下する速度がゆるみ、静かな衝撃で停止すると、鎖のノレンがするすると上げられ、煌々と光のつく広場へと下ろされた。巨大な滑車がゴロゴロと動いている。それはスキー場でよく見るゴンドラの最上部にある巻揚機のような鉄の塊だった。

そこは地下にある停車場だった。

地の底へ向かった急傾斜のレールが深いトンネルの地底の暗闇へと消えている。レールには何台も連結された〝人車《じんしゃ》〟なる乗物が待っており、誘導されてその席へ坐った。人車は斜めの箱であるが人の坐る座席は水平になっている。即ち列車は斜めの形状であるが座席だけは水平を保っているのである。一台の人車は、七〜八人乗り。それが何台も連結している。

出発します、と誰かが低く云い、人車がゴトンと動き出した。かなりの勾配をゴトンゴトンと下りて行く。

途中で時々明るい場所があるが、どうやらそれは、そこから横へ伸びる坑道へ入る為の小さな停車場であるらしい。

人車には運転手も車掌もいるわけではなく、どうやら全てさっき上にあった機械室で操作しているらしい。

ゴトンゴトンと人車は闇の中へ下りて行く。お断りするが、僕が今述べているのは全てその時の記憶によるものである。多少の記憶ちがいは御勘弁願いたい。

ゴトンゴトンと人車は、いよいよ漆黒の黄泉《よみ》の世界へと下りて行く。

「おたずねしますがこの人車は、上からのロープだけで下りてるンですか」

「そうです」

「そのロープが切れることはないんですか」

「ロープは丈夫なワイヤで出来ていますから、そういうことは滅多にございません」

「滅多に、ってことは、タマにはあるンですか」

「ごくタマにはです」

「そうするとどうなるんです！」

「人車はそのまま落下いたします。凄い勢いで落下して下の岩盤に激突してジ・エンドです」

「――――!!」

「そういう事故のことをヒコーキと申します」

みんなが乾いた笑い声を立てた。僕も合わせて笑おうとしたが声がヒヒヒと引きつった。

人車が停車場に停車して僕らは坑道に下り立った。湿度はじわっと上がっており、気温は地上より多少高く感じた。

「これから歩きます」

僕らは一団になって闇の中を歩いた。道は少しずつ傾斜して下っていた。前の人の踏む地面が炭塵《たんじん》を舞い上げ、キャップライトの光に炭塵をバックにした人の影だけがシルエットで浮かんだ。

「現在七百メートル程の地下にいます」

どの位そのゆるい坂を下りたろう。

板きれが二、三枚ちらばっていて思わずつまずきかけ、手でどけようとしたら「ア、それ触らん方がいいです。クソした跡に伏せとく板でニチャッとウンチのつくことがあります」。びっくりして放り出した。連中が立ち止まって「ここです」と云った。キャップライトの光で見ると直径三メートル程の井戸のような穴が奈落の底までずうっと落ちておりキャップライトの光の届くのはわずかに入口から三～四メートルだけ。丸太の梯子がはるか下へと殆ど垂直に伸びている。「ここから梯子を下りていただきます。私が下につきますから大丈夫です」。それで一歩一歩梯子を下りた。上と下から梯子の足場を照らしてくれる。それが余計に無気味で恐い。何分、何段降りたのか、ようやく地べたに足がついた。「よく下りましたね。ここで大体地下九百です」

それから急に穴が狭くなり、坑木の柱が周囲に林立した。どこかで激しい水音がした。穴は下がりつつどんどん狭くなり、遂には立っていられなくなった。

「切羽です。今この地点が地下千メートルです」。水力で岩を剝がしているらしい。凄まじい轟音が周囲を包んだ。

地上に生還した時は体中がコチコチに固まっていた。こんな暗黒の地べたの底で毎日働いている人間がいることが、どうも何とも信じられなかった。

しかも彼らはこの職場も追われ、棄民の群れとして捨てられて行くのだ。

原稿用紙を埋めるなどという暮らしが、何と甘くてヤワなものであるか。

できることは全力でしてあげようと決意した。

テレビに出ていた出演者たち、石田えり、天宮良、布施博、梨本謙次郎、そして赤坂のショーパブ〝ダップチップス〟のダンサーたちに、全員ノーギャラで出演することを半ば恫喝により承知させた。代わりに銀座博品館劇場での同じ舞台の公演を約束した。やっていることが殆どやくざである。今後ボクのことを〝破れ星の聰〟と呼んでいただきたい。

全員出演を受けてくれたと云ったら、炭鉱の町の若者の会は狂喜したが、今度は彼らが苦労する番だった。切符が全然売れないのである。興味がないのではない。ショーを観たいという気は皆あるのだが、エ？　金払うの？　とびっくりするのである。

本来炭鉱の町というのは、大相撲が来ても美空ひばりが来ても全てが炭鉱会社の福利厚生費で只で観られるという慣習があった。ミュージカルを観るのに券を買うなどという経験は全くなく、だから住民はエ!?　とびっくりしてしまったのである。

これにはプロデューサーである若者の会の面々が一様に頭を抱えてしまった。

上砂川でも芦別でも歌志内でも事態は同じだった。そこへまだわずかに稼動していた三菱南大夕張炭鉱でガス爆発が起こったのである。

一九八五年五月十七日に起こったこの坑内でのガス爆発は、死者六十二人、負傷者二十四人。最後には坑内に水を入れるか入れないのかの大惨事となり、夕張の若者の会は活動を停止した。

坑内の暗黒を経験した僕には、胸のつぶれるような衝撃的事件だった。あの闇の中に閉じ込められたら、人間一体どうなってしまうのか。それが自分なら――。

しかし皮肉にも舞台の切符は売れ始め、遂に開幕。満員札止めの体育館は町の人々でふくれ上がった。最後には興奮した観客達が制止を振り切ってステージに雪崩れこみ、僕は何度も胴上げされて体育館の宙に舞った。

この「悲別」の体験は、僕の心に一つの火をつけた。

テレビの視聴者は何千万である。「悲別」の客は千人そこそこだった。だがその観客の熱い感動は、確かな形で僕の目に写《うつ》り、僕の心に刻みつけられた。その時感じた僕自身の感動は、テレビを通した何千万の反響より、はるかに確実で衝撃的なものだった。それは一緒にこの舞台を創ったスタッフ・キャストも同じだったろう。

僕の仕事は人に〝感動〟を届けることである。それは、量より質の問題だ。だがテレビという視聴率第一、質より量によって勝敗が決まる、そういう世界に永く身を置いてきた自分。その歳月の中で自分の魂は知らぬ間に汚れを身につけてしまっていたのではあるまいか。

そろそろ自分を見直すべき刻《とき》に、さしかかっているのではないか、と思った。


富良野塾は三期目を迎え、入塾希望者の数もぐんと増えて来た。

新しく入った若者に接した時、いつも戸惑うのは礼儀と言葉遣いの問題だった。しつけのせいなのか時代のせいなのか礼儀作法がひどいものだった。

どんな役者でもライターでも世に出る時は人に接する。その接し方に礼を欠いたら、まず目をそむけられ、相手にされない。結局本人が損をすることになる。だが文部省は若者に媚び彼らの自由奔放さにゆだねた。それが度の過ぎる非礼をはびこらせていた。だが僕は彼らから一円も銭を取らないのだからそんな非礼を許す義理はなかった。

僕は授業に蠅叩きを常用した。

蠅叩きで塾生を叩くわけではない。大体机、時には床とか壁をバチン！　叩く。叩く音でこっちの感情が伝わる。普通に叩けば単なるQだし、怒りで叩けばバシッと大きくなる。二、三発激しくバンバンッと叩けばこっちの怒りの激しさが伝わり、いねむりしかけてたのがあわてて目をさます。蠅叩きは大体十日弱で壊れた。ある日小生意気な塾生が、僕らはハエですか、と皮肉を云ったから、それじゃあ明日から馬に昇格させてやると、蠅叩きからムチに変えた。今までよりもっと音が良くなった。そしたらボソッと云った奴がいた。「戸塚より富良野だ」。戸塚ヨットスクールと比較したのである。このように厳しく教育したのだがどうも中々身についてくれない。

ある日業を煮やし、ふと健サンの話をした。高倉健さんは誰に対しても礼儀正しい。

目下の人にもキチンと挨拶する。例えば知り合いとバッタリ逢った時、歩きながら頭を下げたことがない。ピシッと立ち止まってこう頭を下げる。健サンのおじぎを真似してみせた。

そしたら驚いたことに。翌日から全員健サンになってしまった！　何べん教えても云うことをきかないのに健サンの名を出したら云うことをきくのか！

腹が立ったが、まァ仕方ない。

そこへある日、本物の健サンが前触れなくひょっこり慰問に来てくれた。

まァこの日の連中の緊張ぶりと云ったら吹き出したいぐらいおかしかった。天皇陛下がお越しになったぐらい、直立不動で最敬礼した。全員何とも礼儀正しかった。

役者の心得について少ししゃべってやって下さいと健サンに頼んだら、最初は一寸ためらっていたが、重い口を開きユーモアを交じえて約三十分珍しく語った。

いつもの無口な健サンではなく、饒舌なやさしい健サンだった。涙をうっすら溜めてる奴さえいた。

帰りの車で健サンはいつもの無口な健サンに戻り、十分程全く口をきかなかったが、やがてボソリと低く呟いた。

「畜生！　今夜はしゃべりすぎちゃった。黙って腕立て伏せを二百回ばかり、あいつらに見せてやるべきだった！」

しかし翌日から塾生共は益々健サン的礼儀を身につけ、それが後輩に年々受け継がれて、富良野塾の奴らは礼儀正しいという思いもしなかった評判をとるのである。

教育ってそんなもんだろうと思う。

また別の日には大滝秀治サンがロケのついでに話しに来てくれた。

大滝サンは常に熱い。熱すぎる程の人である。

「役者はネッ、思うこととッ、心の中で思うこととッ、そしたらそれが自然に演技に出るのッ、ネッ。思エバ出ルッ！　それが演技ッ」

翌日授業でワンシーンをやったら、二人の役者が見つめ合い、セリフを云わずにいつまでも黙っている。

どうしたと聞いたら答えて曰く、

「思ってるンです。出ていませんか」

しばらく我慢したが遂にブチ切れ、力まかせにムチで床を叩いた。

「出てないッ。何も出てないよッ」

こんな間にも裕ちゃんからの――というより石原プロの小政からの、シナリオ書け、の催促は矢のように続いて尽きることがなかった。当時裕ちゃんは赤坂東急ホテルの一室を事務所代わりに使っており、赤坂プリンスを常宿にしていた僕とは気軽に行き来できる距離だった。

彼は四十四歳で舌癌を患い、腫瘍の除去手術を受けている。でもその癌は完治して普通の暮らしに戻っていた。それでも三枝夫人、番頭の小政たちは、彼の健康管理に徹し、そのことを何よりも優先していた。夕方までシナリオの打ち合わせをしても街へ出て飲むことは絶対せず、飲みの相手で朝まで付き合うのは、病から復帰した後、「くちなしの花」をヒットさせた渡哲也と石原軍団だった。

この数年前石原軍団に舘ひろしが新しく加わってきて、渡はこの舘を大いに気に入り、〝俺のかなわないカッコ良い奴が今度軍団に入ってきまして。飲みに行っても俺よりモテルんです〟と嬉しそうにそばに置き引き廻していた。舘も渡にベッタリ惚れていた。

石原軍団というものを見ていると、裕ちゃんに惚れ切って従う渡、渡に惚れ切って裏切らない舘という二重構造になっていて、その全体を見事に守る小政こと小林専務がいるという男同士の友情に支えられた、まァ早く云えば単純なやくざ組織に思えた。下についている血気の若者も、軍団の為なら平気で暴力団にも立ち向かっていく単純明快な青年ばかりで、ある日ロケ先で平気で暴力団と互角に闘う軍団の下っ端に、よくお前ら恐くないなと問うてみたら、「奴らに怖《おび》えたら小政に殴られます。やくざに殴られるか小政に殴られるか。給料もらってますから当然小政に殴られる方が痛いです」という極めて明快な言葉が返って来たので、成程そうかと変に納得した。

こんなグループに狙われたのだからヒルに吸いつかれたようなものである。こっちには「悲別」という社会的使命を持った仕事があるし「北の国から」のスペシャルはあるし、第一、富良野塾という大事業があるのに吸いつき虫のように離れてくれない。

おまけに裕ちゃんは文芸作品をというし、小政は旦那に失敗は絶対させられない、と陰に廻ってチャンバラを強要する。軍団内部のこの大矛盾に一年以上ふり廻されて遂に又ハワイに拉致された。

今度はオアフでなくハワイ島である。

歓楽施設など全くない、荒れ果てた火山の島である。

大体石原軍団によるハワイ拉致はこれで三度目。だがハワイといったって海水に足を浸したこともない。フラ娘と顔を合わすこともヨットに乗せてくれることもない。只ホテルの机の前にいわば足枷でしばりつけられ、ひたすら机に向かうのみである。それで東京の親分から「俺は待ってるぜ」と期待されたって良い発想が浮かぶもンじゃない！

結局監視付きでハワイ島のホテルに監禁され、十日程かけて一本シナリオを完成させた。それを携えて東京に帰り、小政に渡してテレビ局へ走り、たまっていた自分の仕事を片づけてホテルへ戻ってへたりこんでいたら、訪ねてきた小政に叩き起こされた。

「怒るなよ」と断って昨日渡したシナリオのコピーが返って来た。

そこにもここにも付箋がつき、裕ちゃん直筆の赤字のダメ出しが書かれている。

「ここの意味不明！」とか、

「理解不能！」とか、

「面白さ皆無！　つまらん!!」とか。

いつもの裕ちゃんの鷹揚さの全くない、感情剝き出しの罵詈雑言の羅列である。

こっちも半分自信がなかったから、クサされても仕方がないと思いはしたものの、余りの過激さにシュンとした。

大体文芸物なのかアクション物なのか敵の態度が一向決まらないし裕ちゃんの望む文芸物の真意がどこにあるか依然つかめない。これはもう所詮僕には無理だ。降ろしてもらおう、と心に決めた。

小政に逢ってそのことを告げた。力不足だ、僕にはできないと。
三、四日して渡から、逢いたいという由の連絡をもらい、逢った。
ボスからの手紙です。とまず手紙を渡された。石原裕次郎は達筆である。その達筆でこう書かれていた。

「話は聞いた。がっかりだ。怒っちゃいない。でも淋しい。俺は今一人で、たまらなく淋しい」

何とも云いようがなく、声が出なかった。

あれ程楽しみにしていた裕ちゃんに、応えてやることができなかった。その不甲斐なさに心が痛んだ。すると渡が坐り直した。

彼の顔つきがいつもとちがっていた。

「先生に謝ることがあります。実は先生をだましていました」

目を伏せたまま渡哲也が云った。

「これから云うことは絶対他所《よそ》では云わんで下さい。夫人と小政と僕しか知らないことです。裕次郎本人にも云っていません」

「――」

「実は裕次郎はガンなんです。肝臓ガンでそれももう末期です。医者はもう一年は無理だと云ってます。本人は気づいているかどうか。多分何かは気づいていると思いますが僕らには何も云いません。ボスはここ何年も最期の映画を。――それは石原プロと離れてもいいから、自分の最期を飾れる映画を作ることを唯一の夢にして来ました。だから僕らはその夢を叶えてあげようと、ここ何年か動いて来ました。その夢を持つことが裕次郎の唯一の生き甲斐になっていたからです。だから裕次郎の希望通り先生をだまして巻きこみました。

あらためて今まで黙っていたことをお詫びします。本当を云うとシナリオが出来ても撮れるかどうか判らなかったんです。いや、撮影に入るのは多分もう無理だったと思います。それでも僕らはボスに最後まで夢を持っていて欲しかったんです。だから先生をだまし続けました。

あらためて心よりお詫びいたします。

もうこの話は忘れて下さい。

只、人には絶対云わないで下さい」

渡は深く頭を下げた。

「――」

何と云って良いか判らなかった。

だまされていたことなんてどうでも良かった。そんなこと、全く小さなことだった。

そんなことより夫人と、そしてこの純朴な二人の男が、一人の男に心底惚れきり、その為ならどんな芝居でも打とうと無言で尽くし通したその心情に、僕は打ちのめされ、圧倒されていた。

もう書けないと断ってしまった自分の不甲斐なさが情けなかった。

ホテルに帰って一人きりの部屋で、渡から渡された裕ちゃん直筆のあの手紙をもう一度そっと開いた。

「話は聞いた。

がっかりだ。

怒っちゃいない。でも淋しい。

俺は今一人で、たまらなく淋しい」

裕ちゃんの淋しさが心に沁みた。

手紙を見つめたまま動けなかった。


一九八六年。

この年も色々忙しい時だった。

「昨日、悲別で・オン ステージ」を銀座博品館で一月《ひとつき》公演したり、初めて映画を監督してみたり(「時計—— Adieu l'Hiver」)。

だがあの事が心の底に澱《おり》のようによどんで沈んだままだった。

ああいう別れ方をした石原裕次郎とのことだ。

もう書けないから降ろしてくれ、と小政に託してそのまま消えた。彼から淋しい返信をもらったがそれに返事もせずそのまま別れた。渡哲也から秘められた彼の病状と僕にシナリオを依頼した理由を聞かされ衝撃を受けたことはたしかだが、それは、映画になり得ないシナリオを、あざむかれて書かされ続けたことへの怒りなンかでは毛頭なく、逆にそんな状態であることを全く知らずに逃げてしまった自分自身への後悔と、どうしようもない慚愧の念だった。

思えば何年か前の札幌の夜、僕は裕次郎に意見をしてしまった。こんな仕事をいつまでしているんだと。石原裕次郎を大スターとしてでなく、一人の役者として意見をしてしまい、彼の心に火をつけてしまった。そしてその火を最後の希みとして僕に託そうとしたシナリオを、僕は途中で投げ出してしまった。

彼に謝罪をしなければならない。

その秋、妻について来てもらって、謝罪の為にハワイを訪れた。

カハラの邸の門前で待つと、裕ちゃん夫妻がすぐに出て来た。裕ちゃんは髪は撫でつけていたが、ベッドにいたらしくパジャマ姿だった。

「上がれよ」

「いや、車を待たしてるし、すぐ帰るから」

「どうして」

「すぐ帰らなきゃならないンだ。体はどうだ」

「まァまァだ」

裕ちゃんはむくみ、明らかにやつれていた。

「その節はすまなかった。途中で逃げちまって」

「いや、こっちこそだ。まぁ一寸上れよ」

「だめなんだ。じゃあな」

夫人も引き止めたが僕らはそのまま車に乗りスタートさせた。

何の為に来たと思っただろう。一瞬思ったがこれでいいのだと思った。ふりかえると裕ちゃんとマコちゃんが門の所で手をふっているのが見えた。

それが裕ちゃんと逢った最後の時だった。


「北の国から」はシリーズが終わってから「'83冬」「'84夏」と、スペシャル番組として続けられたがたいした視聴率をとった訳じゃなかった。それが突然人気シリーズに化けたのは、一九八七年のスペシャル「'87初恋」からである。

いくつかの原因が重なったのだと思う。

一つは八〇年代に始まったバブルにそろそろかげりが見え始め、地に足をつけた黒板一家の生き方に世間の関心が向き始めたこと。

もう一つは主人公である純と螢がそろそろ子役の歳を脱皮し、思春期から青春期のドラマとなったこと。

更には純の初恋の相手として大里れいという初々しい少女が登場したことであろう。

実はこの〝れい〟のキャスティングには決定までに大きなドラマがあった。〝れい〟役に決まっていた若いタレントが突然事務所とトラブルを起こし、撮影寸前に女優を廃業して故郷《くに》に帰ってしまったのである。

一週間後に撮影が迫っていたから我々スタッフはパニックに陥った。

急遽各プロに緊急動員してオーディションをしてみたが良いのが現われない。第二次オーディションをしてみたがやはりダメである。頭をかかえている時にあるファッションモデルのプロダクションから電話が入った。最近街でスカウトした女子学生に一寸良いのが一人います。今学校の文化祭に行ってて三時にならないと来れないのですが何とか三時まで待ってもらえませんか。全く期待しなかったがワラにもすがる気でその子を待った。

三時に入ってきたその女学生を見て、思わず全員顔を見合わせた。清潔さ、美しさ、明るさ、初々しさ、僕らの求めていた大里れいちゃんがそこにいた！

台詞を少し読ませてみたが、素人ながら特訓すれば何とか使用に耐えるだろうと思われる、中々演技カンも良いお嬢さんだった。

これが横山めぐみ嬢である。

彼女の起用は大成功した。

「北の国から'87初恋」はギャラクシー賞と小学館文学賞を受賞して「北の国から」を不動の番組に押しあげた。

この年、七月十七日。

慶應病院で、石原裕次郎は息を引きとった。成城の自宅で対面した時、裕ちゃんはもう棺に納められていた。

裕ちゃんの顔は静かで平和だった。

富良野塾の時はゆっくりと、しかし確実に流れていた。

二期三期と進んだ塾生たちの暮らしは、次第にそのシステムを構築しつつあり、援農・建築・勉強と、過酷なスケジュールを着実にこなしていた。僕の日常は一層過酷だった。

塾のスケジュールをきちんとこなしながらその原資を外で稼がねばならず、稼いだ金を塾へと運ぶ、いわば雛を育てる為に狩場と巣とを往復する親鳥のような毎日だった。

それでも若者は少しずつ成長し、教室棟、レストラン棟、宿舎棟という三つの丸太小屋を、基礎工事から全て自力で建ち上げるという、予想外の成長を遂げていた。

とうとう今度は本格的な稽古のできるスタジオ棟を建てる番だった。

丁度この頃再び健サンから、パリ・ダカールの自動車レースを舞台にした映画を蔵原惟繕監督で撮りたいという話が飛びこみ、僕は思わず飛びついてしまった。

「高倉デース！」と妙に可愛い高音で、健サンはいつも電話してくる。女房はその声にいつも吹き出した。

パリで逢いましょうという約束で、ド・ゴール空港のロビーに出たらいきなり「ウワッ!!」と後ろからおどかされた。ふり返ったらフードとマスクで変装した健サンである。こういういたずらが健サンは好きである。わざわざ迎えに来てくれたらしい。

それから一週間のシナハンはパリから南下してマルセイユまで。健サンの食通と情報網はびっくりする程各地に及んでおり、どうしてこんなかくれた穴場を！と呆気にとられるような小さな田舎町のホテルやレストランを毎日案内してくれるのである。それも全てが小粋で旨い！

パリから帰って二カ月程かけて「海へ」というシナリオを書き上げた。何度か手を入れて決定稿が完成したら、お祝いしましょう、体空けて下さいと、健サンと蔵原さんに呼び出され、一晩横浜に招待された。旨い中華を中華街で御馳走になり、その夜はホテルニューグランドのスイートルームがとってあるからゆっくり疲れを取って下さい、という。

そのホスピタリティに感嘆し、こんな温かいもてなしを受けたのは初めてです、と云ったら、ボクなんかまだまだ未熟ですと云って、彼の友人がフランク・シナトラから受けたとてつもない〝もてなし〟の話をしてくれた。

彼の友人のテレビプロデューサーがシナトラからロスへの一週間の招待を受けた。いつもシナトラが来日する時、彼が面倒を見るそのお礼である。

ファーストクラスのチケットが届き、ロスに到着してタラップを降りたら（その当時はまだ飛行機からタラップで降りた）そこに一台のリムジンが着いており、何とその脇にシナトラ本人がいて彼を見つけるやバッと近づきウェルカム！　と力いっぱいハグしてくれた。まわりの搭乗客がびっくりする中、そのままリムジンに乗せられていきなり街へ。税関も入国手続きも無視。それを云うとシナトラが笑って「ノープロブレム！」荷物が！　というと「ノープロブレム！」そして最高級のホテルへ着くとフロントも通さずいきなり専用のエレベーターで最上階のスイートへ。何室もあるそのスイートの中の一室一室を自分で点検し、「どうだろう。こんな部屋で満足できるか？」「勿論だ！」というと「グッド！」と彼をソファに坐らせ、自分も坐って葉巻に火をつけ、それからゆっくりしゃべり出したという。

「これから一週間、あなたにはゆっくり過ごして欲しい。私はずっと付き合いたいが、私がずっといたらあなたは多分気づまりだと思う。だから離れるが逢いたくなったらいつでも呼んでくれ。多少仕事が入ってはいるが、殆ど空いているからすぐ駆けつける。困ったこと、見たいショー、喰いたいもの、やりたいこと。女が欲しい時もすぐ云ってくれ、この名刺は今リムジンを運転して来た私のボディガードのもので彼は二十四時間君の為にいる。いつでもこの番号に電話してくれ。でも気にしないでくれ。それが彼の仕事なんだ。一緒に食事したくなったり飲みたくなったらいつでも呼んでくれ。仕事がなかったらすぐかけつける。但し。最後の晩だけは私の為に空けてくれ。一緒にゆっくり飯を喰おうじゃないか。ＯＫ？」

「ＯＫ！」

彼が気圧されてコクンとうなずくと、シナトラはウィンクし、すぐ去ったという。

彼は呆然と、広すぎる部屋に一人残された。ふと気がつくと戸口の脇に飛行機に預けた彼の荷物がいつの間にか運ばれ、積まれていたという。

「こういうのを本当のもてなしっていうんじゃないスかね」おごそかな声で健サンが云った。「自分なんかまだまだ。修業中ですよ」


その年、一九八七年の暮れ、二年間かけて苦労した、スタジオ棟がようやく完成した。

塾生たちに約束していた。このスタジオ棟が完成したら柿落《こけら》しにパーティーをやってやる。そのパーティーには東京からテレビ・芝居関係の偉い人たちを五十人程呼び、君らだけで創るパフォーマンスを彼らに観せて君らを売り込む。

塾生たちは興奮した。

そこでさて、何をやるかと考えた時、彼らの暮らしの日常を、マイムとダンスにしてショーにすることを考えた。

彼らの日常の行動には見ていて中々面白いものがあった。たとえば重い丸太運び。運ぶ塾生も人間なら運ばれる丸太も人でやればいい。たとえば畑で延々たる畝《うね》の若い人参を間引く行動。そこに襲ってくる蚊の大群。それを叩きながら間引きもやりつつ進んで行くその動き。僕の授業を必死に受けながら睡魔に魅入られて目を閉じて行く塾生たち。僕の視線にハッと気づいて寝てなンていなかったとごまかすごまかし方。中島みゆきの「ファイト！」をかぶせたら、何とも悲しくこっけいなワンシーンになった。こういうワンシーンのモンタージュに、時代の音楽を重ねて行ったらかなり面白いパフォーマンスになった。

ライスカレーの話をするシーンでは表で女房にカレー粉を炒らせ、扉をそっと開けカレーの匂いをさり気なくスタジオに薄く流すという、嗅覚を使った実験も試みた。

面白いことにその後のパーティーでカレー料理だけがアッという間になくなった。

「谷は眠っていた」と題したこのパフォーマンスは思いがけない好評を呼び、やがて下北沢の本多劇場に進出して富良野塾の名が少し知られる。

それ以後舞台に少しずつのめりこみ、富良野で好評なら札幌と名古屋へ。そこで受ければ全国へと公演の規模を拡げて行った。

名古屋と札幌をテストに選んだのは、この二都市の客が日本中で一番厳しいと聞いたからで、ある大スターの札幌公演では声が小さくて聞こえないからと客がゾロゾロ帰って行ったという。僕の頭には芸術性よりも、まずその前にお客一番という北島三郎の姿勢が沁みついていた。

だから僕らは評論家という人々にはいつも一切招待状を出さなかった。それでも見に来てくれる評論家はいた。その中にM氏という中々鋭いゲイの人物がいた。

Mさんは通常の演劇評論家とは一色も二色も毛色のちがった人で、遠慮会釈なく物を云うから僕は信頼して親しくしていた。

ある日彼に云われた。

「どうしてアンタ既成の曲ばかり使って新しい曲作って使わないのよン」

「金がないからできないんだよ」

作曲家に曲を依頼するとまず譜面で曲が出来てくる。譜面じゃこっちは判らないから、パイロット版を作ってくれと頼む。そうするとたちまちスタジオ代、楽師代、結構な金がかかってしまって、気に入らない時はその金をドブに捨てることになる。そういうことを縷々話したら「そうかァ。アンタタチ貧乏なンだァ」。

いたく同情して納得してくれた。

ある日そのMさんから電話が入った。

「先生、今度いつ東京に来る？」

「来週の×曜日に上京するけど」

「その日私とメシ喰っていただける？」

「いいよ」

「じゃ約束ネ。但しこのこと絶対人に云わないで。二人だけのヒミツよ。いいわね」

「いいよ」

「代官山に良い中華あるから、そこの個室とっとく。本当に人に云っちゃイヤヨ」

中華の二階の個室に落ち着き二人で大皿の料理をつついた。

その日Mさんは妙に静かで、もっぱら僕が色々しゃべった。

何の料理だか忘れてしまったのだが、一つの料理をお互いの箸で二人でつつき合っていた時、箸を動かしながらポツンと彼が云った。

「HIVを宣告されちゃったのよ。後半年位の命なンだって」

その時の気持ちをどう表わせばいいか。

箸が一瞬止まってしまった。止めてしまったことにハッと気がつき、まずい！　と思って殊更動かし、今彼の取っていたその箇所からほじくるようにして料理をとって何でもない顔で猛然と喰った。その間およそ数秒だったと思う。エイズは体液から伝染するとその頃巷では喧伝されていた。そのことが瞬間頭を横切り反射的に箸を止めてしまった。その行為に相手は気づいたろうかと心の中で真赤になった。告白してくれた相手に対して何と情けない行動をとったことか、激しい自己嫌悪が心につきあげた。

「本当ォ」と小さく云い箸を動かした。

三月《みつき》も経たないで、彼は死んだ。


その頃僕はテレビ朝日で「川は泣いている」というドラマを書いた。これは大阪の某新聞社で起こった実話をヒントにしたものである。

その新聞社の若い記者がある日とんでもないスクープをとって来た。関西の某大手葬儀社が来年行われる〝可能性のある〟大きな葬儀の予定者リストというものを作っていることをスクープして来てしまったというのである。つまり、来年どうも死にそうだという大物のリストを秘かに作っていたわけである。

これには社の編集局、論説委員などもびっくりした。だがよく見ると自社のお偉いさんでも、載っている者といない者がいる。これは最近大病したかどうか、年齢がもうそろそろという所に行っているかどうか、等に拠っているからなのだが、見た本人はそうはとらないのではないかということが議論になった。あいつが載っていてオレが載っていない。オレは小物か？　それは載せられた者より載せられなかった者を、変に不愉快に感じさせるのではないか。

侃々諤々《かんかんがくがく》の議論の結果、このスクープは表に出さないことに決め、代わりに記者に社長賞をやって一件落着となったという。

　この話にいたく興味をそそられ、葬儀社の実態について調査を始めた。この調査はテキの防備が固くて、突破するまで中々難航したが、調べ上げると思った通り内実は実に面白かった。

　どうしてこんなことに興味を持ったかというと、スクープのことを知った時、田中絹代さんの葬儀の時のことを思い出したからである。あの時は当然大きな葬儀になるのが判っていたから実行委員だった僕のところに大手の葬儀社たちがうちにやらせろうちにやらせろと何社も何社も押しかけて、遂には、ウチのアルバムに載せていただくだけでタダで致します！　というところまで現われた。この峻烈な企業戦争は、人の死という悲劇をめぐって大真面目な喜劇になるのではないかと思ったのが、このドラマを書いたキッカケだったが調べを進めるとその通りだった。

　取材源との約束があるから、これ以上のことは教えてやらないが、取材の途中で相手から、葬儀で一番金になる最大の商品は何だと思いますか、と問われ、花代ですか祭壇ですか、ア、戒名ですか、印刷費ですか、と迷っていたら、「ちがいます。ご遺体です」と云われた時には、ア！　と思わず息を呑んだ。

　死の床から死体を確保してしまったものが、葬儀の一番の勝者なのだそうだ。

この年にはもう一つ、僕の中で最も想い出に残る作品を書いている。

「失われた時の流れを」

終戦後間もなく、僕が麻布中学にいた頃、学童疎開の生活を書いた処女小説「流れ星」を、テレビドラマにしたシナリオである。

中井貴一、緒形拳、倍賞千恵子さんが出演してくれた。三人とも、僕の節目の作品を彩ってくれた、僕にとって大切な役者さんである。

昭和天皇が崩御されて一年、大喪の礼の実写から入る昭和への僕のオマージュだった。拳さんと倍賞さんの初老の夫婦は、学童疎開で結ばれた男女である。昭和天皇の大喪の礼のテレビ中継を二人は朝からずっと見ている。学童疎開に連れて行かれた戦時下の記憶が二人の心を占める。中でも疎開地から脱走しようとして死んでしまった学友の記憶。

延々と続く大喪の礼の中継に涙を浮かべて没頭している夫の前で、飽きた子供が勝手にチャンネルを廻そうとする。いつもはやさしい母親が鋭い声で突然叫ぶ。「廻さないで!!」

もはや少なくなりつつあった、あの時代を知るものの悲しい心情を、書き残しておかねばと僕は思ったのだ。

この作品は平成二年度のギャラクシー賞テレビ部門大賞、放送文化基金テレビドラマ部門奨励賞、個別分野部門児童特別賞、日本民間放送連盟賞番組部門テレビドラマ最優秀賞を受賞した。制作局はフジテレビであり、演出は「北の国から」の杉田成道だった。

更にこの年にはもう一つ、日本テレビで「火の用心」というコメディーを書いた。ある日富良野の僕の家に一面識もないとんねるずの、石橋貴明《いしばしたかあき》、木梨憲武《きなしのりたけ》という男たちが二人っきりで突然現われ、コチコチに緊張してキチンと正座し、床に手をついて、何か自分らにドラマを一つ、と、サムライの様に口上を述べた。

何だかこちらも「然《しか》れば」「さりながら」と時代劇口調で返したくなったが、あんまりその様子が可愛かったのでついついハズミで引き受けてしまった。

「火の用心」というタイトルは緒形拳さんから聞いた話で、拳さんの師匠の辰巳柳太郎さんが、色紙を頼まれると書くことがないので、火の用心といつも書いていたという故事からとった。

桃井かおりに後藤久美子《ごとうくみこ》。それになつかしや淡路恵子《あわじけいこ》さんが加わって下さり、本読み後の飲み会が毎週愉しかった。

一九九二年から九三年、僕はそろそろ還暦を前にして自分の生き方を変えようとしていた。

テレビ界の体質がどんどん変わって来、かつて夢を持って青春を賭けてきたテレビというキラキラ輝いていたメディアが、商業主義にどんどん乗っとられ、芸ともいえないお笑いやおふざけがテレビをぐんぐん侵蝕していた。

ドラマの世界も御多分にもれず、演技の基礎もないイケメンやジャリタレが、巾をきかせて局の廊下を歩き廻るようになり、心ある役者は映画や芝居へ。テレビから少しずつ離れて行くようになった。

テレビの現場は「創」から「作」へ、次第にその姿勢を変えつつあった。

創作は僕らの仕事であるが、同じ〝つくる〟でも創と作はちがう。

知識と金で、前例に倣ってつくるのが作。

金がなくとも新しい智恵で、前例にないものを産み出すのが創。

かつて創の場であったテレビドラマの世界は、気づけば今や作の場に堕《だ》していた。

だからこの歳月、僕は「北の国から」のスペシャルしか書いていない。

「'92巣立ち」「'95秘密」。

その間何をしていたかというと、富良野塾に全力を投入していた。

スタジオ棟の柿落しで上演した「谷は眠っていた」を何度も練り直し、地方を廻ることを少しずつ広めて、遂には全国公演に持って行った。同時に、ミュージカルでやった「昨日、悲別で」をストレートプレイに書き直し、「今日、悲別で」という舞台を作った。

この改変は僕にとっても、思いもかけぬ発想の転換、原点復帰を考え直す、大きな契機になったといえる。

まず同時代の舞台作家が創る舞台製作の常識に根本から抗うことに決めた。スターを使うことを止め、無名の塾生だけで舞台を創ることに決めた。ついでに音楽も既成のものですませ、著作権使用料で済むようにした。美術は自分たちで全て手作りし、例えば「悲別」の舞台装置はたまたま塾地にいくつかあった建築用の足場鉄骨だけで済ませ、そこに車輪をつけて舞台の上をダイナミックに動き廻れるようにした。紗幕《しゃまく》にキャップライトによる影絵を浮かび上がらせ、あの坑道の暗黒を表現した。そうやって製作費を極力抑え、チケットの価格を半分近くにした。

これらは全て観客主体に物を考える、あの北島三郎の思想からの学習だった。

それでも僕らには他の劇団には真似のできない大きな武器が一つだけあった。

それは塾生たちが援農によって自然に身につけた見事な筋肉による肉体の美しさだった。それはジムとかボディビルでつけた筋肉とはちがい、労働によって自然とついた、生きた筋肉の美しさだった。

柿落しでそれを見たある著名なスポーツ医者《ドクター》が、この筋肉のつき方は美しい。杉田玄白の「解体新書」に描かれた昔の日本人の筋肉だとほめてくれたが、それこそが僕らの唯一の武器だった。

人は本来自分の体内のエネルギーだけで生きて来た。それが文明の発達によって別の方角へと進化を遂げ、たとえば豹《ひょう》が獲物を狙って跳躍する時の筋肉の動きの美しさ、たとえばライオンがガゼルを狙ってそっと近づく筋肉の美しさ。そうした筋肉の本来の美しさをどこか草原に置き忘れて来てしまった。

そうした本来の筋肉の躍動を、たとえば映像におけるスローモーションのように生《なま》の舞台で見せることができないか。無論セリフによる芝居と同時に。

それが僕らの富良野塾の目指す一つの演劇の方向性であり、エネルギーの爆発を視覚で見せて感動を呼ぼうという些か無謀な挑戦だった。

僕らは演劇というものに対する妙な先入観を全く持たない真白な大衆を客に選んだ。だから小むずかしい理論をふりかざす、いわゆる演劇評論家達からはトンチンカンな反応が返って来、あるいは完全に無視された。彼らの目には僕らの仕事は素人芝居としか映らなかったにちがいない。

多くの芝居では評論家総見という特別な日を作って彼らを招待する。だから彼らは金を払って芝居を見るということをしない。そのくせ妙に威張りくさっている。僕らは彼らを招待しなかった。だから批評は殆ど出なかったし、出ても悪意に満ちたものが多かった。中でもOという売れっこの評論家が目の仇のように僕らを扱った。

僕は秘かにナスを用意し、尖らせた割箸をその頭からズブリと突き刺し、「このクソO!!」と大声で叫びながらチンチン煮立った油で揚げてショウガ醤油で丸ごと齧《かじ》るという、裏社会に伝わる呪いの儀式「ナスの呪い揚げ」をみんなで行って、せいぜい哀しいウップンを晴らした。うまく効くとテキはクタバルと聞いていたが、Oのその後のことを僕は知らない。

一体僕らの創っている芝居がどのくらいのレベルのものであるのか。

僕には全く見当がつかなかったが、これをもし海外に持って行ったら、たとえばオフでもオフ・オフでもいい、ブロードウェイで上演したら、一体どういう反応が出るのか。世にも無謀な企みを抱いたのは「悲別」のステージを日本全国で上演し、その間幾度も改変を重ねて多少の自信を持てた頃だった。

大体僕の創る舞台は、初日と楽日ではガラッと変わっていた。

ホームグラウンドである富良野での上演ではその初日と楽日の芝居の変わり様を楽し

みに見に来るファン達までいた。

テレビや映画は一度書いてしまえばそこで終結する仕事である。不満な場所が出て来ても、もう改めて手を加えることはできない。

だが芝居についてはそこがちがった。

脚本プラス演出家として全公演に僕は必ずつき合っていたから、新しい欠陥を毎日発見できた。それをその晩ホテルで改善し、翌朝みんなを招集して稽古し、芝居はどんどん育って行った。

学生時代から舞台に憧れ、大学に出ずに劇団に通いつめ、中村俊一という優れた師のもとで演劇のいろはから教わって来た。

「創る」ということの麻薬にとりつかれ、テレビ・映画の世界へと進んだ。

「創」ということを追い求めすぎて、色々な摩擦を生み、小さな挫折も様々に味わった。

その上でようやく創った富良野塾というものから、世界に評価される何かを生みたかった。しかしわずかに世界をのぞけるようになって、自分の非力を思い切り知らされた。

自分たちは今世界の中で、どのくらいのレベルに立っているのか。山で云うなら何合目あたりを自分たちは今のぼっているのか。それを知りたいし、試したかった。

その数年前パリで偶然遭遇し、動けなくなる程ショックを受けた一つの画期的な芝居があった。昔文学座に在籍していて、当時はパリに住みピーター・ブルックの傘下に入って名を挙げていた旧友笈田ヨシが、これだけは観ろ、と連れて行ってくれた「トロイの女たち」という芝居である。

シャイヨ宮で上演された。

決してメジャーな芝居ではなかったが僕は完全に打ちのめされた。その時紹介されたそのプロデューサーが、ニューヨークのオフ・オフに拠点を構える、エレン・スチュワートという、小劇場「ラ・ママ」のオーナーだった。

「ラ・ママ」はその昔寺山修司が、初めてニューヨークに進出した時使用した、いわばアングラの拠点である。元々は「カフェ・ラ・ママ」という小さなカフェ劇場からスタートしたが、アル・パチーノ、ロバート・デ・ニーロといった後の大物スターも昔この小屋の世話になったと聞いた。

そのオーナーであるエレン・スチュワートがプロデュースし、オランダ人の演出家が創った「トロイの女たち」を観た時の衝撃は、どう表現したら良いのだろう！

こんな舞台があるのか！　と思った。

これまで観て来たあらゆる芝居が、頭の中からすっ飛んでしまった。

感動というものはこういうものなのだ！　創るということはこういうことなのだ！

芝居というものへの意識が激変した。

ある日思い切ってエレンに連絡し「悲別」の資料と想いを伝えた。いつでもいらっしゃい、とエレンは云ってくれた。

そこから全てが始まった。

カナダ・バンクーバーに吉原豊司《よしはらとよし》さんという麻布の演劇部の後輩がいた。彼はコマツ・カナダの社長をしていたが、カナダの演劇界と交流が深く、様々な演劇人脈をカナダ全土に広く持っていた。

彼の情報でカナダの東部、五大湖のそばにあるブライスという小さな農村で、毎夏ブライスフェスティバルという新作創作劇の為の大きなイベントがあり、外国の劇団を招くのは初めてだが、富良野塾を招待したいと云ってくれたのだ。願ってもないような話だった。吉原さんはついでにトロントでの公演を企画してくれ、ヤングピープルズシアターという劇場で五日間の公演を取り決めてくれた。これで我々はまずカナダで一週間、そこからニューヨークに入って二週間という、夢の様なスケジュールを確保できた。

塾生たちには実際頰をつねるような、信じられない出来事だったにちがいない。

だが実際にはここから先に数々の試練が待ち受けていた。

塾生は丁度八期生が入塾したばかりで、在塾生は七、八期。それに頼りになる一期から六期までをオーディションによって加えなければならない。

連れて行く人数には限りがある。

辛い選別の作業に入り、外国へ行く者と、残って辛い農作業をせねばならぬ者。天国と地獄の運命に分かれた。

カナダ・ニューヨーク公演に出かける者の為の、厳しい特訓が始まった。だがオーディションに落ちた者は普段通りの援農作業で畑に這いつくばる毎日を続けた。

だがその特訓も無事にはすまなかった。

東京から戻って来た一人の役者が風疹を発症してしまったのである。

風疹は一つの感染症であり、〝三日ばしか〟とも呼ばれている。患者に触れることや、咳、くしゃみなどに含まれる飛沫を吸い込むことで感染し、いわば今流行りのコロナに似ている。あわててそいつを一人だけ隔離し、空き別荘に閉じこめておいたらやがて回復し稽古に復帰した。

それ以後はまぁまぁ何事もなく過ぎ、塾生達はパスポートとビザを取得し、生まれて初めての海外旅行にいよいよ出発の運びとなった。

ブライスは五大湖の一つ、ヒューロン湖の畔にある人口八百の和《のど》かな寒村である。その寒村がこのフェスティバルの時期、突然全国からの演劇人でふくれ上がる。

成田からトロントへ。そこからバスで二時間半程かけてブライスの会場であるメモリアル・コミュニティ・ホールについた。町の人たちが笑顔いっぱいで我々の到着を待っていてくれた。

何しろ殆どの塾生が全く英語をしゃべれない。全員オンリースマイルで、「オー!!」と「フフン」と「ウワォ」しか云わない。しゃべれるのはバンクーバーで頼んでおいた通訳と、昔商社にいて海外滞在の経験のある役者の男が一人のみ。向こうも勿論日本語の判る人は全くおらず、それでも勉強してくれていたらしく、ノート片手に満面の笑みで「オハヨゴゼエマス」「オゲンキテシカ」「ピックリシタナモウ!」なんていう友好的態度で向かってくる。

ブライスは小さな農村で泊まれるホテルが二軒しかなく、フェスティバル関係者で溢れているから我々はそれぞれホストファミリーの家に、二人、三人と分宿することになっていた。小さなパーティーの後、クジ抽き大会があってそれぞれ世話になる家庭が決まる。すると塾生は俄かに無口になり、ひきつった笑顔でトランクを引きずり、異国の闇へと消えてゆくのである。

ブライスに於けるフェスティバルの組織委員会は実に見事に構成されていた。農家の主婦たちが主体となって動き、五大湖周辺の企業や家庭を廻りチケットの予約を集めてくるのである。見習うべきものが山程あった。

初日の舞台はスチューデントデイと云い、マチネーの公演に近在の小中高、学生たちがいっぱいに溢れる。

いよいよ海外初公演だと思ったら緊張で胸がドキドキした。

劇場に溢れた児童たちは日本の子供と変わりなく、ワァワァギャアギャア大変な騒ぎである。女房と二人、不安いっぱいで客席の後ろの壁際に立って、開幕の時の始まるのを待った。

開幕のベル。

すると場内は一瞬でしんとなり、全く異次元の静寂が覆った。

それからの時間は、何とも不思議な体験だった。

闇の坑内の連続とそれを照らして行くキャップライトの光芒。そして突然起こる落盤の衝撃。

舞台の隅に英語のスーパーを一応流していたのだが、児童たちはそれを段々見なくなった。そのくせ全く不可解なことに、笑って欲しい場所では日本の観客と全く同じに笑い、緊張すべきシーンでは〝しん〟と静まり返るのだ。まるで言葉が通じているみたいだった。

既成の音楽を使ったことも良かったのかもしれない。

平和だった時代の炭鉱町を想起させる為に幻の盆踊りというシーンがある。やぐらの上に和太鼓を叩くふんどし姿の若者が一人、そのまわりをスローモーションで盆踊りを踊る浴衣姿の女たちの列。そこにジョン・レノンの「イマジン」が流れる。

アッという間に一時間半が過ぎた。

ラストは、全てがストップした出演者たちの奥の竪坑《たてこう》の中から、ふんどし一つ、炭塵に光る御先祖様の炭坑夫たちが、スローモーションで現われる。彼らは観客を指さし睨みつけて客席へ迫ってくる。「こうしてしまったのはあなた達現代人の責任なのだぞ」と。バックに流れるのは「アメージング・グレース」。かつてアフリカから連れてこられた奴隷たちが、船の中で歌ったという曲である。

そして暗転。幕。

ところが。

――しんと静まり返ったまま、客席からは何の反応も起こらないのである。

二秒、三秒。――蒼ざめた。

その時いきなり椅子を蹴倒す様に全ての子供たちが立ち上がった。拍手と叫びが場内をゆるがした。それは延々と終わりなく続いた。

僕はこみ上げてくる涙の中で、声もなく女房と抱き合った。

それから二時間後。

僕は泊まっていたヒューロン湖畔のホテルで女房と祝盃をあげていた。

子供たちがそれぞれ家へ帰って、芝居の興奮を宣伝した為、既に今夜の公演のチケットをとる為の長い行列が出来上がっているという。

そこへボーイがメッセージを持ってきた。

主役の一人が風疹を発症したというのである。しかも風疹はカナダではジャーマン・ミュッセルといわれる法定伝染病で、発症した役者は泊まっている家から追い出されて、今劇場の前に坐っているという！

血の気が引いてブライスに走った。ついさっきの歓喜の後のこの衝撃である。ジェットコースターで上へ行ったらたちまち奈落へ突き落された感じである。やっぱり富良野で稽古中に出たあの風疹が秘かに感染者を生んでいたのだ。

ブライスに帰ると大騒ぎになっていた。

マチネーの興奮とジャーマン・ミュッセルの風評が、早くも街を飛び交っていた。

すぐさまアンダースタディ（代役）に立てていた役者を使って今夜の舞台への稽古を始めたのだが、その代役に指名していた男が、全くセリフを覚えていないのである！

演出助手にまかしておかないでもっときちんと稽古をしとくべきだった！　そう思ったがもう遅い！　後もう一時間半で開幕である！　ニッポン放送在職中に放送前日テープを紛失した、あの日の内臓に鉛の大玉が入ったような絶望感が蘇った。かくなる上は自分で演《や》っちまおう！　他のバカよりは自分の方が何とかセリフを覚えている筈だ。

その時本人が蒼い顔で必死に大丈夫です！　さっきの注射が効いてきて熱が引いてきたみたいです！　やります！　何とかやらせて下さい！　丁度その時彼を家から追い出したホームステイ先の主《あるじ》がとんできて、さっきはつい逆上して申し訳ないことをした。子供たちにはワクチンを打たせてあるから大丈夫だ。何とか彼に演じさせてやってくれ！

法定伝染病に罹った役者を舞台に立たせて果たして良いのか。大分悩んだが背に腹はかえられぬ。後の責任はオレがとろうと、覚悟を決めて彼に演じさせた。

彼は演じ切り、マチネー以上のスタンディングオベーションがブライスの夜を震わせた。

翌日の新聞の一面に大きな活字が躍っていた。「ジャパニーズプレイ　メスメライジング！」（日本の芝居が催眠術をかけた！）。

最大限の賛辞の見出しだった。

翌日の舞台も大成功だった。

上院議員がかけつけて来て、僕は舞台上でカナダ国旗を頂戴した。

そして舞台はトロントに移る。

だがその移動の日、またしてもトラブルが勃発した。役者一名スタッフ二名に、新たに感染者が出てしまったのである！

宿泊先は丁度夏休みの、トロント大学の学生寮だった。彼ら三名を完全に隔離し、東京の医者に大至急電話で相談した。とにかく安静にさせ、栄養剤をうんと飲ませろという甚だいい加減なご指示が返って来、スタッフを中華街に飛んで行かせて高麗人参やらマムシドリンクやら効きそうなものをガバガバ飲ませた。

倖い三日程オフがはさまった為彼らは何とかその間に立ち直った。

トロントでも全公演スタンディングオベーションだった。次はいよいよニューヨークである。

ところがここで大事件が起こった。

役者たちへのビザは下りたのだが、演出家へのビザが下りないというのである。僕と演出助手のＩの二人だけ、いつまで経ってもビザが下りない。

真蒼になった。

どうも現地ニューヨーク側のビザ申請の手続きに何か重大な手落ちがあったらしい。

弁護士を立てて交渉したが駄目である。

遂に出発前日になったがまだ下りない。

少し判ってきたことは役者と裏方に対するビザは俳優のユニオンとスタッフのユニオンに申請してしっかり承認されたのだが、ディレクター（演出家）のユニオンだけは別にあって、そこへの申請を怠った為に僕ら二人にだけビザが下りないということらしい。

ニューヨーク、ラ・ママのエレンに助けを求めたら、かまわないから観光ビザで入国しちゃいなさい、と荒っぽいことを云うがそうも行かない。

みんなを集めてミーティングをした。俺は入れないがお前らは入れる。女房はスタッフと同じビザだから入れる。ともかく明日出発してお前らに任せるから初日を開けてくれ。

涙を浮かべる塾生もいて悲愴な空気に包まれたが、とにかく翌日、僕ら二人を除いてメンバーたちはニューヨークへ発った。

残された僕らを慰めようと知り合いになったカナダの演劇人たちがパーティーを開いてくれ、「Damn New York!」（くそったれ、ニューヨーク！）とニューヨークを罵倒し、それからカナダでロングランをやれ！　俺たちが皆で応援する、と温かい声をかけてくれた。

結局それから二日待ったが、ビザはとうとう下りなかった。仕方なく僕らは観光ビザでアメリカに入国することになった。

ニューヨークに入る為のアメリカ側のイミグレーションはトロントの空港の中にある。僕らの話は既に管理局に通っていたらしく、いきなり事務所の方へ呼ばれてこう云われた。

君たちはあくまで観光での入国のみを許可する。劇場に出入りして仕事をしたら即、こうである。事務官は手錠がかかるというゼスチュアをした。

客席で本番を見るのはかまわないか。

それはかまわない。

我々はここまでカナダの公演で常にスタンディングオベーションを受けており、その都度私は演出家として、カーテンコールの為に舞台に呼び出されて立っている。それもニューヨークでは許されないのか。

すると事務官はしばらく考え、さすがに哀れを感じてくれたのか、小さな声でポツンと云った。

客席から出なさい。舞台袖からではなく。

そして、入国許可のスタンプをようやく押してくれたのだ。

ラ・ママはニューヨークのダウンタウンにある古い石造りの劇場である。世界各国の前衛劇団がここを通過して世に出ているが、中はガランとした倉庫のような空間。一方に平土間の舞台があり客席は木材で組み上げた階段状の質素なものである。

丁度僕らを追いかけて、北海道文化放送のクルーがヴィデオカメラを持って密着していたので、劇場に入ることを許されない僕は、そのカメラで劇場内の仕様、現在の準備の進行状況などを細かく撮ってもらい、ホテルの部屋でそれを見ながら細かい指示を出すことにした。

この劇場には前田さんという、寺山時代についてきてそのまま屋根裏に居ついてしまったという舞台監督の怪人がいて、この人は以前富良野にもしばらく滞在し塾生達とも親しくなっていたので、僕らもまことに心強かった。エレン・スチュワートの片腕のような存在で、最近やっと病院から出てきて長い間苦しんだ麻薬中毒から抜け出したばかりだから大丈夫ョと、可愛い笑顔でニタリと笑う怪人というか奇人というか、しかし仕事の腕は実に確かだった。

この男がいたので僕も安心できた。

ラ・ママ公演は遂に幕を開けた。

オフ・オフとはいえブロードウェイに僕らは遂に進出したのである。

咸臨丸で初めてアメリカに上陸した勝海舟の気持ちが少し判った気がした。

この日に至るまでの何年かの時間で、僕は何度かニューヨークを訪れ、現地在住の演劇評論家大平和登《おおひらかずと》さんの力を借りて、現地日本人社会に働きかけ、講演会を開いたりして、今度の公演と富良野塾についての説明とPRを行って来た。日本語新聞がそれをとりあげてくれ、日本人社会にはある程度それが浸透していると思われた。

だから初日から最初の数日は日本人の観客が圧倒的に多かった。只初日にエレンが声をかけてくれたアメリカ人の演劇関係者たちが予想外の反応を見せてくれ、カーテンコールでエレンが僕を、客席から舞台へひっぱり上げてくれると、激しいスタンディングオベーションと拍手が劇場の壁をゆるがせた。

ロビーでの初日の乾盃では、握手を求めるあちらの演劇人の波が僕の前にずらりと列を作った。

「42ndストリート」の初演の時の主役女優、著名な作曲家、演出家、――大平さんが一々僕にその人たちを紹介してくれるのだが、僕にはとても覚え切れなかった。只彼らが口々に興奮して云う「ワンダフル!!」「アメージング!!」「ジャパニーズオペラ!!」等という賛辞がボーッとした僕の頭をかすめては去った。

僕は全く半分呆然と夢の中にいるような気分だった！

「悲別」がニューヨークで通用した！

富良野塾の芝居が初めて海外で認められた！

エレン・スチュワートが僕に抱きつき、激しく頬っぺたにキスをしてくれた。
二、三日経つとチケット売り場に切符を求めるアメリカ人の列が出来始め、それは日毎に数を増した。ニューヨークの演劇ファンの嗅覚とその口コミの激しさを知った。
何日目かにエレンに呼ばれ、「ソウ、客席を舞台の方にもう三列程広げて良いか」と聞かれた。ＯＫと答えると翌日又呼ばれて、もう二列いいか。ＯＫ。更に翌日、もう一列いいか。客席が広くなり舞台がどんどん狭くなり、さすがにある日、もう無理だと断ったら、「ソウ、お客は遠く西海岸からも来てくれてる。そういう人をあんた断れるか」と、ドスのきいた声で囁かれた。

舞台面は更に狭くなった。

大成功の楽日を終えて僕らはニューヨークを離れる日を迎えた。エレンが空港まで送りに来てくれて、すばらしい二週間だった。是非又来てくれ！　と云ってくれた。

こうして夢の様な日々は終わった。

へとへとになって富良野に帰りついたら、塾に残して来た残留組から、五人の塾生が消えていた。

九三年から九六年にかけては、殆ど芝居に打ち込んだ。「悲別」を更に練り直し、「ニングル」「谷は眠っていた」を加えて富良野塾公演を全国に廻した。テレビは「北の国から'92巣立ち」と「'95秘密」を書いただけだった。

九三年には環境意識の高い作家仲間、C・W・ニコル、椎名誠《しいなまこと》、野田知佑《のだともすけ》、立松和平《たてまつわへい》、稲本正《いなもとただし》らと集まってCCC（自然文化創造会議）というものを設立し、その議長となって全国での植樹と環境教育の活動に着手した。

ところで話がいきなり飛ぶが、勝新太郎の話をしよう。

この頃勝新は仕事もせずその消息もよく判らなかった。彼は全く破天荒な男だった。その何年か前にホノルルの空港でパンツの中にかくした麻薬を発見され、もう今後はパンツをはかないことにしようと奇天烈な迷言をはいてみたり、彼の珍語録は数多くあるが、とにかく豪傑であり天才ではあった。

彼が多額の借金を負い、やくざに拉致されたという噂の流れた夜、明け方電話のベルが鳴り出し、時計を見たら午前四時すぎ。誰だこんな時間にかけてくるのは！　と放っておいたが中々鳴り止まない。延々と耐えたがまだ鳴り続けるので仕方なくとったら、「三百八十四回目でやっと出やがった」。

紛れもない勝新の声だった。

「どうしたのさ勝っちゃん！　心配してたンだぞ」と云ったら「今まで借金とりにとり囲まれてた！　イヤ面白かったぞ切羽つまった借金とりってもンは。泣いたり脅したり、イヤ今夜はかなり勉強した！　あんたも一度体験するといい」

そんなもん体験したくないと思った。

「飲んでるのか」

「飲みてえが全然旨くねぇんだ。ビールが気の抜けたジュースみたいな味しかしねぇ」

これはいかんとその声で思った。

相変わらず豪快を装ってはいたが、勝新は明らかに半分もう壊れていた。

勝新太郎を仕事で立ち直らせようと考えたのは殆どその直後のことである。

フジテレビから頼まれていた内海隆一郎の「欅通りの人びと」を、芸術祭用に書いてくれといわれていたのを、何とか勝新で出来ないかと思い、局に秘かに相談したら非常に面白いが果たして引き受けるのかと云ってきた。

脚本を仕上げて口説こうと思った。

「欅通りの人びと」は、欅並木のある古い町に住む、市井の人々のドラマである。

自由脚色を許されていたので、落ちぶれた脚本家を主人公に据えた。かつて売れっこだった初老の脚本家が時流に合わずテレビ界から捨てられる。彼はある日一人のファンである若い女に刺激され、最後の炎を燃やそうと秘かに一本のシナリオを書き、名前を全く伏せて新人シナリオコンクールに応募する。

全く地味な脚本だった。

只その中で最後の夢に命を燃やす初老の脚本家の凋落と哀感を、しつこく細かく描き込んだ。

勝新に読ませたら彼は最初怒った。どうしてこれを俺がやるんだ！　ちゃんばらもアクションも全くねぇじゃねぇか！　俺のファンがこんなもん望むと思うか！　かつての石原裕次郎における番頭小政——小林専務と同じことを云った。そこで僕は勝っちゃんを懇々と説いた。

勝っちゃん、あんたは只のスターじゃないんだ！　世界に通用する本物の演技のできる役者なンだ！　パチーノを見てみろ。デ・ニーロを見てみろ！　あんたは彼らに肩を並べられる日本で唯一の役者なんだ。座頭市だけで終わっちゃいけないんだ！

何日もかかって彼を口説いた。

彼はわずかずつ傾いたかに見えた。

自分の何たるかを彼は判っていなかった。

彼は幼い頃から歌舞伎の地方《じかた》の世界にいた。そして六代目菊五郎のことを師匠のように敬っていた。いや、演技だけでなく破天荒な役者馬鹿の生き方も、六代目から多分に影響を受けていたように思う。

ある大晦日、彼の一家と熱海で過ごしたことがある。父親の杵屋勝東治さんも兄貴の若山富三郎さんも、女の所へ行ってしまい、一人残された〝お母ちゃん〟と一緒に一家で年越しを毎年していたのだ。芸者さんの三味線を奪って奏でる彼の三味線はまさに名人芸の域に達していた。そういう勝っちゃんが大好きだった。

突然訃報の届いたのは一九九七年六月二十一日である。まだ六十五歳。無念だった。

彼の葬儀は石原プロの小政が仕切った。

誰とも差別なくつき合った彼には、やくざの友人が多かった。だから連中からずい分借金をしていたらしい。何人もの名だたる親分衆がすぐに弔問にかけつけたが、迷惑がかかるからと一人として家までは来なかった。

皆、近くで車を止め、遠くから拝んで帰ったそうだ。本人が死んだら借金はもうチャラだと、奥（玉緒）さんに伝えてくれるようにと、伝言を頼まれたと小政から聞いた。

彼の葬儀で僕は弔辞を頼まれた。

森繁久彌《もりしげひさや》さんと一緒だった。

繁さんとはその頃なぜか人の葬儀で、並んで弔辞を読むことが多かった。その頃繁さんは、呆けているのか演技なのか判らない行動をとることがよくあった。

御導師《おどうし》入場と司会者が告げ、満員の会場がしんとなった時、繁さんがいきなりびっくりする様な大音声《だいおんじょう》の半分涙声で、並んで坐っていた僕に叫んだ。

「クラモッちゃん！！！」

「ハイ」

「オレは勝のドラマに四回も出たッ!!」

「ハイ」

「だけど。ギャラを一文ももらっていないッ!!」

あわてて繁さんの耳元に囁いた。「オ静カニオ静カニ。勝ッチャンモウアッチニ行ッチャッタンデスカラ」

大声で泣きだした森繁さんを、小政が走って来て表へ連れ出した。

昔勝っちゃんがボヤイたことがあった。

人の葬式で弔辞を読むぐらい、つまらねぇし報われねぇ仕事はねぇぞ。どんなに面白いことを話しても絶対吹き出すような話をしても、誰一人受けて笑ってくれねぇんだ。ありゃあ失礼な話じゃねぇか。

そのエピソードを弔辞の中に入れた。

だけど誰一人、笑う者はいなかった。

勝っちゃんは正しい、と僕は思った。

勝新太郎の為に書いた「欅通りの人びと」は、「町」というタイトルに変更し、杉浦直樹、大原麗子らの出演でテレビドラマ化。芸術祭テレビ部門の大賞をとった。


この年僕は、富良野塾十二期生の卒業公演として、新作「走る」を書き下ろす。四十二・一九五キロではなく、二年という塾生の修練の時を、ひたすら走り続けるマラソンランナーの姿に託して書いた。

この芝居にはもう一つの目的があった。

戦後の日本と日本人について、僕は一つの疑念を持っていた。

あの敗戦の瓦礫の中から、日本は何とか復興した。最初のゴールは三種の神器だった。電気洗濯機、電気掃除機、電気冷蔵庫の三つを得る為に皆がんばり、それを手に入れた。すると新しいゴールを設定した。３Ｃといわれる。クーラー、カラーテレビ、車である。

そしてそのゴールのテープを切ると又すぐ次のゴールを設定した。そして日本人は先を先をと求め、いわばゴールなき果てしないマラソンを走り始めた。そういう日本人の哀しい姿をマラソンランナーに託して描いてみようと思ったのである。

マラソンランナーはあの永い時間何を考えて走っているのか。丁度ニッポン放送の後輩が、アトランタオリンピックに出る有森裕子《ありもりゆうこ》さんの心情を一年にわたって録音していた。そのテープを全て聞かせてもらい、それを戦後の日本人の心情に重ねながら少しずつセリフを作って行った。役者たちには実際に走ってもらうことと、カメラがその人に固定した時の映像となる〃その場走り〃という極めてむずかしい技を要求した。そして、その場走りを行いながらそれぞれの心情をセリフで語らせた。かなり面白い、実験的舞台が出来たが、多くの怪我人を続出させた。この芝居は二十年後の二〇一七年、マッスルミュージカルの中村龍史《なかむらりようじ》氏と組んで、全国オーディションにより再演された。

一九九九年、ＮＨＫ　ＢＳで一寸楽しいドラマを作った。

実は去ること二十数年前、僕の周囲に不思議な事件が起こったことがある。

僕がＮＨＫで「赤ひげ」「勝海舟」を書いていた頃である。

ある朝青森の石郷岡さんという刑事から、唐突に家に電話が入った。イスゴーカディスとかなり訛った声が、アンタヌサンカギイツマイ、浅虫温泉ニトマットッタカイと訊いた。これが事件の発端だった。そしてこのイスゴーカ刑事とは以後二年に及ぶ付き合いになる。

クラモトソウと名乗る脚本家がＮＨＫのドラマ執筆の為に浅虫温泉に一カ月ほど滞在し、その後、宿泊飲食代をふみ倒して姿をくらましたというのである。

その後しばらくして彼は秋田の温泉宿に現われ、二週間程滞在して消え、更に南下して山形に現われ、同様の手口で無銭飲食宿泊をしてドロン。一カ月後に新潟に現われ又一カ月滞在して消え、指名手配になったのである。

その当時僕は、そこそこ名前は売れかけていたが、世間に顔は全く知られていなかった。だから詐欺を働くものにとっては恰好の獲物となったのだ。テレビのタイトルには毎週名前が出る。しかし、顔は殆ど知られていない。

その盲点を利用して僕になりすまし、高級旅館に長期間滞在し、ＮＨＫの「赤ひげ」を書き上げ、続いて大河ドラマ「勝海舟」の執筆に移っている。二、三日に一度はＮＨＫから電話が入り、書き上げた原稿はきちんと郵送する（当時はネットは勿論、ファックスもまだない時代だった）。彼は真面目に朝から晩まで机に向かってひたすらシナリオを書いている。部屋を空けるのは掃除の時間のみ。その時間に大体ＮＨＫから電話が入る。夕食には決まって晩酌用の徳利が二本。人当たりの良いインテリ風の紳士で、宿の女将や従業員からは絶対の信頼を置かれており、頼まれれば気さくに色紙を書いてくれる。大体何より信頼のおけるのはその指の巨大なペンダコである。

ところが一つ困ったことにはＮＨＫから一向に金を送ってこない。宿の人たちは同情し、東京に行って催促されたらと云う。彼は困った顔で、東京に行く旅費ももうないという。それぐらいうちでお立替えしますよと、十万程の金を包む。悪いね悪いねと云いながら、じゃあすぐ帰るからと彼は東京へ。

ここからが芸の細かい所なのだが、上野に着くとすぐ電話してくる。今上野に着いた、と。ホームから電話をしているらしく、上野ォ上野ォというホームのアナウンスが電話のバックから流れてくる。何て律儀な！　と宿の人は感動し、これで更に信用してしまって、被害届が一週間おくれる。

かかる手口で一年八カ月。彼は青森から秋田、山形、新潟と日本海側を悠然と南下し、新潟でやっと名前が割れて全国指名手配となった。

Ｆ氏という名の、前科八犯の詐欺師である。

無銭宿泊、無銭飲食、只それをくり返すのみで後は去り際の一寸した借金。それ以外はひたすら部屋にこもって真面目にシナリオを書いている。だから宿屋の人々からは圧倒的に尊敬されている。いや、小さな事件が一つあった。

「勝海舟」を書き始めた正月、僕がＮＨＫのテレビに出演し、初めて人前に顔を晒してしまったのである。それを泊っている宿の売店の女の子が見て一寸したさわぎになったのである。あの人テレビに出た人とちがう？　偽者だ！　ということがバレ、女将が蒼くなって偽者氏の部屋に来た。

先生！　御冗談を！　と怒鳴り込んだのだが、その時偽者氏は全く騒がず、いつものにこやかな笑顔を崩さず、それは何かのまちがいでしょう、テレビに出た方が偽者です、と笑って説得されてしまうのである。そして驚いたことにそのまま五日程、彼はその宿に平然と居続け、そして突然ドロンと消える。

ある日。早朝。

けたたましく電話が鳴り、しばらくしてから当時居候していたコック長と呼んでいた役者がとって、何かモゾモゾ話していたが、そのうち僕の寝室の扉が意味あり気に低くコツコツと叩かれた。

僕の寝室はトゥインになっており、片方のベッドにはかみさんが眠ている。

「何か」

「電話デス」。コック長が妙に囁くような声で云う。

「誰だ一体こんな時間に！」

「ソレが――女性デス」コック長の囁き。

「女性!?」いきなりドキンと目が覚めた。

「ヨシコ、ト仰ッテマス」

かみさんを窺ったがぐっすり眠てるらしい。

「ヨシコ――、ヨシコ」

心当たりが思いつかないが、ヤバイからそっとベッドを抜け出した。

居間にある電話を耳に当てた。

「もしもし、クラモトさん？」

「ハイ」

「ヨシコ」

「ヨシコ？」――思い当たらない。

「ヨシコよ！」

「どこの」

「上野のヨシコッ。家は両国！」

「上野のヨシコ。家は――」

とつぜんハッと事態がつかめた。

「ボク、脚本家の倉本聰ですが、誰か僕の名を騙りましたか!?」

「――」

「もしもし！」

すると間があって吐息がきこえた。

「――ヤッパリ――」

女性は上野の駅裏で小さなバーをやっている美子という名のママだった。

ある夜脚本家の倉本という男がフラッとやって来て飲んで帰った。とても感じの良い品のあるインテリでその晩は一万円程金を使って何事もなくそのまま引揚げた。

翌晩また来て意気投合した。

そのまま両国のアパートに来て泊った。翌朝別れるとき二十万貸した。そのままドロン。

偽者は日本海沿岸を偽クラモトの旅をしながら、ある夜降り立った上野の裏街で、行きがかりのバイトを働いて行ったらしい。

彼は猶もその行動を繰り返しながら、福井の東尋坊の旅館では、書いたシナリオをカタに取られ、宿の主人がその原稿を僕の所に持ってきた。そのホンを見て驚いてしまった。僕がまだ十三話を書いているのに、テキは二十三話にもう書き進んでおり、キャスト欄に書かれた役者名までが何とぴったり当たっているのである！

ここにいたってその偽クラモトに、僕は何となく友情を感じてしまったのである。

その事件からもう二十数年経っていたのだが、僕はどこかなつかしいその事件を、「玩具の神様」という三話のドラマにまとめ、あれ以来疎遠だったＮＨＫのＢＳで、石橋冠演出で発表した。

キャストは中井貴一と舘ひろし。

まわりは貴一が本物の倉本聰、舘がニセモノと思っていたようだが、僕は最初から貴一こそニセモノと決めていた。

一見真面目にみえる中井貴一にこそ、詐欺師の匂いを感じていたのだ。

事実、このキャスティングはピタリとはまった。優等生に見える貴一の像を、僕は何とかぶちこわしたかったのだ。彼にはそれだけの可能性があった。

このドラマは中々に評判がよく、僕としても久しぶりに満足な出来だった。

西暦二〇〇〇年。かねてより大きな夢だった我々の劇場が富良野に誕生した。

日本各地を芝居を持って廻ってみて、いつも感じる違和感があった。

バブルの頃から地方自治体は文化事業に力を入れようとし、各地に立派な文化会館やホールを建てた。何億、何十億もかけて作ったそれらのホールは、しかし実際に行って使ってみると見た目は立派だがまことに使いにくく、それこそまさに地方行政の、文化への無知・無理解、そのくせ彼らの見栄だけが判る、無駄な建造物が多かった。そういうものだけは創りたくないと、時の富良野市の高田市長と語り合い、小さくても良いから創作者の使い易い、いわば観客より創作者の為の劇場を作ろうということになった。

通常地方の劇場は、中央で作られ運び込まれる出来上がったショーを上演するいわばショーウィンドウの役目を果たす。

富良野塾というものを私費をはたいて作り、少なくとも何人かの役者やライターを何年もかけて育てて来た身としては、此処を単なるショーウィンドウにはしたくなかった。作物が穫れないのに倉庫を作っても意味がない。だからこの劇場は作物を創る工場にしようということで富良野演劇工場と名付けた。だが実際に劇場建設という公共事業にタッチしてみて、そこに群がる利権者・工事人の意識の低さとずるさと無智に驚いた。

一流である筈の竹中工務店が、舞台の奈落の意味さえ知らず、ある日気がついたら役者がそこから出入りする筈の舞台下の大事な空間を大きな浄化槽の為の土管でいっぱいに埋めつくしているのである。役者の出入りができないのである。怒った。

そんなこんなのスッタモンダの揚句、何とか完成にこぎつけた。曲がりなりにも僕らは一応、根拠地というべき劇場を持てたのだ。

これは僕らには大きかった。

そしてその後何年かは、芝居を書くこと、塾生を使ってそれを舞台にのせ、全国を廻ることに日々を費やした。

「谷は眠っていた」「屋根」「オンディーヌを求めて」「地球、光りなさい！」「ニングル」「歸國」「走る」「マロース」。

芝居を書くことの面白さは、制約の多さから来る面白さである。テレビや映画のように自由に時間や空間を飛ばせない。その不便さの中に身を置いてあらためて脚本を書こうとすると、初心者の頃の自分に戻って、ドラマの本質に気づくことが多かった。

それは更めて「創」の楽しさとむずかしさを僕の心につきつけた。

テレビは超速の進歩を遂げ、殊にその技術的革新には目を見張るものが数多くあったから、知らぬ間にそうしたぜいたくに慣れてしまって、本来自分たちが目指すべき場所、「感動」「涙」といった本質的なものを見失っていたことに気づかされた。外国から入ってくる映画を見ても、スケールは格段に大きくなり、面白さはたしかに増してはいたが、さてそれが昔の作品のような心ゆさぶる感動にひたらせてくれるかというと、どうだろうかと考えてしまうのだ。物創りの目的がかつての「感動」から「快感」に変わって来てしまっているのでは、と、そんな疑問を持ってしまった。

そんな中で二本のテレビドラマを書いた。

一つは十一話の富良野を舞台にした連続物「優しい時間」。富良野の森の中の喫茶店「森の時計」を舞台にして、愛妻を息子の運転事故で失ってしまった父親と、いつまでも許してもらえない息子を描いた。いわば父と子のホームドラマである。このドラマで僕は初めて二宮和也という新人と出逢う。眩しいぐらいに純粋だった。

丁度このドラマを書き始めた時、たまたまテレビの番組でデビューしたての一人の歌手と歌を知る。それが平原綾香であり、彼女の歌う「明日」という歌だった。すぐにプロデューサーに連絡し、CDの発売を半年遅らせてもらってこの番組の主題歌に指名した。

綾香の澄んだ歌声が、このドラマの主題を見事に清潔に引き立ててくれ、同時に、このドラマの為に実際に富良野に建ててしまった木造りの喫茶店「森の時計」は、連日客の並ぶ富良野の新しい名所となった。

店の看板は大滝秀治さんが書いてくれた。

同じ年僕はもう一作、自分の心に残る作品を創る。京都を舞台にした「祇園囃子」である。

この頃西武プリンスグループは経営危機に陥っており、僕の京都での常宿であった京都宝ヶ池プリンスホテルも売却の危機にさらされていた。何とか助けて欲しいという要望があってこのホテルを舞台にするドラマを制作した。

京都は元々おふくろの生地であり、祇園は僕の故里だった。

石原プロの小政に頼み、渡哲也と舘ひろしで作品づくりがスタートした。

このロケーションは忘れられない。

石原プロという活動屋集団が、まさに最後の活動屋魂を見せた前代未聞の大ロケーションだった。

何しろ四条大橋から八坂神社に至る四条通を一台の車も全く通らない、無人の情景にさせてしまったのである。

あんな景色は前にも後にも見たことがない。

四条通が八坂神社まで、只両側の辻々の柱に店の幟のはためくだけの無人の街になってしまったのである。そしてその彼方、東大路通の上手から、外国要人の数台の車列が音もなく入って来て四条通を曲がり、河原町の方へ無言で走って来る。途中の信号は全て青。ＶＩＰを警護する警察車両も画面の中には一台も写っていない。それを四条大橋に建ててしまった撮影用の何台かのカメラがヨーイスタートで真剣に追う。

やり直し無しのまさにその五分間が、あたかも時を凍結させたように京都の街に出現していた。太秦東映の映画人までが、噂を聞きつけて見学に来ていた。呆れていた。

無言で指揮をとる小政を見ながら、わけの判らない涙がつき上げた。

もうこんな情景を見ることはないだろう。街を動かし、警察を動員し、京都をドラマが止めてしまった。こんな景色を見ることはあるまい。

石原プロという活動屋の集団が、恐らく最後の炎を燃やした前代未聞の奇蹟と云えた。

黙って小政と握手を交わした。

「祇園囃子」はそんなドラマだった。

渡はその頃もう体がぼろぼろになっていた。

渡哲也と小政に呼び出されて赤坂の中華屋で逢ったのは、あれは何年のことだったろう。

演《や》りたい最後のドラマがあるから是非書いてくれと熱心に口説かれた。それは、青森県大間の海で、マグロの一本釣りに命を賭《か》ける、海と闘う漁師の話だった。

大間のマグロ漁の話については、僕もかねがね興味を持っていたし、そのドキュメントも何本か見ていた。

それに何年も前、渡が伊豆の海に伝わる、〝突きん棒〟というマグロ漁の漁法にはまり、その面白さについて熱く語っていた時期のあったこともよく憶えていた。

だが僕にとって一番気になったのは渡の体のことだった。

「祇園囃子」の頃もそうだったが、渡は明らかに病んでいた。

「勝海舟」の頃から始まって彼にはどことなく病魔に魅入られた宿命的なものを僕は感じていた。「大都会」そして「西部警察」、彼はアクションものを中心にして、強い男で売ってはいたが、日活映画が云ういわゆるタフガイとは全くちがう印象を僕は持っていた。

　男らしさということについて云うなら、健さんを超える男らしさを彼に対していつも感じていたが、それはあくまで内面的なもので、外面的なものとは一寸ちがった。

　今の彼に津軽海峡の荒波で闘う漁師という役の設定は体力的に無理だと思った。そんな撮影をしたら体がもたない、あんた死んじゃうよ、と僕は云った。

　死んでもかまわないです、と彼は云った。

　いつでも死ぬ覚悟は出来てます。書いて下さい。

　そうは行かない、と僕は云った。

　僕の中には裕ちゃんとのことがあった。あの時渡は裕次郎の体のことを伏せて、小政と共に僕に裕次郎の映画を書くように執拗に迫った。そしてとうとう僕は投げ出し、その時初めて裕ちゃんに迫った最期の刻《とき》のことを知らされた。あの時とは全く事情がちがったが、一人の役者の命にかかわる、そんな作品を書くのは、もう絶対にいやだった。

書け！　書かない、で僕らはもめにもめ、最後はとうとうケンカ別れになった。

長いつき合いだったな、と僕が云い、短いつき合いでしたね、と彼が返した。

それが最後に交わした言葉である。それきり渡とのつき合いは切れた。

この好漢との、それが別れだった。

渡哲也と切れてからも、小政とのつき合いは細々と続いていた。

その後彼には何があったのか、石原プロを退社してしまった。あれ程惚れきり、命を賭ける程尽くし切っていた石原裕次郎に死なれてしまった時、漢《おとこ》としての彼の生き甲斐は恐らく燃え尽きてしまったのだろう。

日活撮影所で製作主任として鳴らし、あるバイプレーヤーのスケジュールの奪い合いで、日本刀を下げて東映大泉にのりこんだなどという数々の逸話を残した最後のカツドウ屋。

「祇園囃子」で四条通を封鎖するという目茶苦茶をやり抜いたこの男は、裕次郎の死によって生き甲斐を失い、何とも潔くこの世界からスッパリ足を洗ってしまった。

その後誰かから、彼が夫人に死なれ、時間があるとその夫人の墓を訪れてぼんやり墓前に坐っているという、彼らしからぬ哀しい話を聞いたこともある。

何度か電話でやりとりをしたが、往年の覇気はもう消えていた。

毎日競馬場に通っているらしいという噂だけが時々耳に入ってきた。

小政の死の報らせが届いたのはそれから二、三年経ってのことである。息子さんから手紙をもらった。

競馬場の換金窓口のそばで、彼は倒れてそのまま死んだらしい。当たり馬券を手に握っていたそうだ。合掌。


二〇〇八年。七十三歳。

「風のガーデン」という連続ドラマを書いた。

これまた西武斜陽の賜物である。

プリンスホテルがゴルフ場を閉鎖し、その跡地の利用法を相談された。その半分を森に還すことを提案し受け入れられてＮＰＯ法人富良野自然塾を創ったのが二〇〇六年七十一歳の時。フィールドの残りの半分を使ってガーデンを創ろうということになった。そこを舞台に創ったのが「風のガーデン」というドラマである。

「風のガーデン」は僕にとって、盟友緒形拳との最後のドラマになる。拳さんとは古い付き合いだった。一九六九年「颱風《たいふう》とざくろ」以来だから、ほぼ四十年の仲になる。

終末医療に打ちこむ僻地の老医師白鳥貞三（緒形）と、その息子である女たらしの天才麻酔科医、白鳥貞美（中井貴一）の物語である。父は息子を勘当しており、息子の娘である孫ルイ（黒木メイサ）と、その弟の知的障害のある少年岳（神木隆之介）を引きとって亡妻の遺した風のガーデンで働かせている。

話は麻酔科医である医師貞美が、自分の体に膵臓癌が発症したことを発見し、余命の迫ったことを察知して父との和解を図ろうとするというドラマなのだが、暗い設定のこのドラマが、妙に清々《すがすが》しく仕上がったのは、緒形、中井という主役二人と、それをとりまくメイサ、伊藤蘭等のキャスト陣の清潔さに負うところが全く大きかったと思っている。

実はこのドラマのロケに入る時、拳さんは既に肝臓癌に冒されており、もはや余命いくばくもないことを覚悟していたことに、僕は全く気づいていなかった。只体調の良くないことは知っており、殆どが富良野の長期ロケで費やされる撮影期間、スタッフは彼の為に一軒家を借りあげてそこで暮らせるようにセットしてあげていた。

彼は絵画書道に優れた審美眼と知識を持っており、自らも中川一政氏に私淑して、味のある書を書く人で、僕は彼に頼み「創」という文字を書いてもらった。その書の額は、今も僕の書斎に大切に飾ってある。

僕は自分の農園からとりたての野菜を彼のもとへ運び、美術に関する色々な話をした。香月泰男の絵や木内克《きのうちよし》、佐藤忠良《さとうちゅうりょう》の彫刻。様々な美術の話を語り合った。彼の審美眼は深く博識だった。

ある日僕の車で彼をロケ先に運び、その帰り道に車の中で彼から聞いた話が忘れられない。それは末期癌患者役の大滝秀治さんを、拳さん演じる白鳥貞三が診察に訪れるというシーンだった。

ふいに大滝さんに云われたというのである。「君！　健康と元気は別物ですからね！」あの言葉には参ったなァ、と車の中で拳さんは明るく笑った。

だが僕はその時まだ拳さんが、そういうさし迫った状態にいることに全く気づいていなかったのだ。大滝さんもそうだったと思う。

あの時の拳さんのあの明るい笑いは何だったろうかとふと思ったのは、彼の病状を初めて知った時である。

彼の撮影はスタジオでクランクアップした。この日は死の床の中井貴一と、最後に語り合う父緒形拳さんの最も重い重要なシーンで、スタジオは最初から異様な緊張に包まれていた。

この日の為に貴一は三日程前から絶食しており、精神的にも多分ぎりぎりの状態だったと思う。しかも貴一はこの時既に、拳さんの病状を知らされていた筈だ。

一方拳さんも辛そうだった。だがその辛さを表に出さず、いつもの淡々とした姿を保って、一発本番のロングシーンを微笑をこめて演じきった。

カット！ ＯＫ！ の監督の声がひびいた時、拳さんはソファにストンと腰を下ろし、小さな声で「終わったァ」と云った。

貴一は貴一で精魂使い果たし、ベッドの中に倒れこんでいた。

あれ程役者が真剣に渡り合い、全神経とエネルギーを使い果たした撮影現場を見たことがない。正にあの日の二人の役者は、虚と実こめた芝居という世界で、ある神域に達していたと思う。

すぐその翌日のことだったと思うのだが、打ち上げの席が西麻布で持たれ、拳さんもにこにこと顔を出していた。だが疲労はさすがにかくし切れず、三十分もいないで引き揚げた。

又な、と手をふる拳さんの笑顔をみんなで表まで送り出した。翌朝一番で富良野に帰り、待たせていた演出の仕事に戻った。その翌々日の夕方電話が入り、拳さんが逝ったという知らせを受けた。打ち上げからわずか三日目だった。すぐタクシーを呼び新千歳に急行した。いつも利用する旭川便はもう最終が出た後だったのだ。

辛うじて新千歳からの最終便に間に合い、羽田で待っていてくれたフジテレビの車にとび乗って拳さんの死に顔に対面できた。

拳さんの顔はおだやかで、もう向こうの世界の顔になっていた。

二〇〇八年十月五日逝去。彼は僕より二歳若かった。葬式には出ずに富良野へ帰った。

芸能人の葬式には必ずマスコミが押しかける。それは良いとして、マイクをつきつけてコメントを求めるその質問の決まり文句がいつも心中に怒りを湧き起こした。

今、どういうお気持ちですか？　悲しいに決まってる！　亡くなった××さんに、今何と云ってさしあげたいですか？　何か云ったら聞こえるのかよ！　死人の耳にどう云うンだよ！

だからそういう場にはできる限り出ない。

この齢になると、周囲の友人がどんどん死んでゆく。死が至近弾としてすぐそばに落ち始め、まさかあいつが、というような人が突然身近から姿を消してしまう。

そういう訃報に慣れかけていたつもりだったが、ある朝テレビで突然報じられた大原麗子の死はあまりにもショックで衝撃的だった。

二〇〇九年八月のことである。

麗子は僕にとって妹のような存在だった。

僕が富良野に移って、最初に泊まりに来てくれたのも彼女だったたし、高倉健さんを紹介してくれたのも彼女だった。

ギラン・バレー症候群という奇病にとりつかれた彼女を、手を握って飛行機で運んだこともあったし、とにかく家族ぐるみの関係だった。誰からも愛されたこの可愛い女が、突然精神に異常をきたしてしまったのは一体いつで、何が理由だったのか。

親しい女優たちから何本も電話が入り、彼女、おかしい、という噂がとび交った。

目茶苦茶な時間に電話がかかってくる。わけの判らないことを延々としゃべって、止まらない。もう切るよ、というと、絶交！　と叫ぶ。そうやって彼女はどんどん自ら友人を減らして行った。僕もその一人で、「絶交！」ガチャンと電話を切られた。

その彼女の遺体が死後二、三日たって、自宅から発見されたというニュースは僕ら友人を愕然とさせた！

「孤独死」という言葉に戦慄すらおぼえた。

彼女の親しい友人だった浅丘ルリ子、加賀まりこたちも、余りにも唐突なこの死の報に只呆然とするのみだった。

世間からは、常にファン達の波にかこまれ、孤独とは対極の世界に住んでいると思われている芸能人。しかし彼らは開花の時期の華やかさが派手ならば派手な程、旬を過ぎた時包まれる孤独と淋しさという厳しく残酷な現実があるのだ。

五十年以上この世界にいて、そうした残酷な花の末路を、いやと云う程見せられて来た。

世間は勝者にはやさしいが、敗者には冷たい。見向きもしない。そしてかつては花に群がり、浮かれ騒いでいた大衆というものは、花が萎《しお》れると途端に去って行く。

そういう人々を余りにも多数僕は見てきた。病の為につまずいた者、ふとした不祥事でしくじった者。落とし穴に落とされて消えて行った者。花が散ったのにまだ咲いていると自分を見失って自沈して行った者。

そういう者たちの哀しいドラマを、いつか書きたいと僕は思った。

最終章

やすらぎの刻

二〇一〇年。七十五歳になって二十六年続けた富良野塾をたたんだ。

卒業した者三百七十五名、ライター百十名、役者二百六十五名、彼らに何をしてやれたかと問われれば忸怩たる気持ちでいっぱいである。塾から一番学ばせてもらったのは多分僕自身だったということになろう。

富良野になお残りたいという者たちの為に、創作集団「富良野GROUP」を創り、演劇活動は続けることにした。

翌二〇一一年三月、東日本大震災が起こり、福島第一原発が爆発した。いわきで塾のOBが津波によって親を失い、釜石では家を流された。別の一人は自ら志願し、原発労働者になった。

更に翌年二〇一二年、地井武男が死に、大滝秀治さんが死んだ。

二十一年続いた「北の国から」は「'02遺言」をもって終了したと、フジテレビでは考えていたようだが、僕の中ではまだ続いていた。

田中邦衛と吉岡秀隆、中嶋朋子が生きている以上、黒板一家は富良野にまだいた。僕は東日本大震災を背景に秘かに彼らのその後を書いていた。只、現実問題として出演俳優がどんどんこの世を去っていたから、続篇を作るのは不可能に近かった。

二〇二〇年現在の「北の国から」物故出演者を列挙するなら、小松政夫、立石涼子、菅原文太、今井和子、大滝秀治、地井武男、杉浦直樹、奥村公延《おくむらこうえん》、北村和夫、古尾谷雅《ふるおやまさ》人《と》、室田日出男、伊丹十三《いたみじゅうぞう》、塔崎健二《とうざきけんじ》、レオナルド熊、木田三千雄《きだみちお》、笠智衆、大友柳太《おおともりゅうた》朗《ろう》。更に草太兄ちゃんの岩城滉一はドラマの中で殺してしまった。

これだけの人間が世を去ったのである。

世の中は残酷に時を廻していた。

僕自身が既に八十を超え、体の衰えをひしひしと感じていた。

だがしかし僕の体の中に、何クソというエネルギーはまだ少し残っており、心にムチ打って一つの企画書を書き上げた。

それは、あの大原麗子の死以来、僕の心にくすぶっていたものであり、同時にテレビの視聴率がぐんぐん下がっている現実に対する反旗だった。

落ちぶれてもテレビは相変わらず、というか益々若者をターゲットにすることを止めず、ゴールデンタイムという夕食の時間にこだわることを止めようとしなかった。高齢化がどんどん進んでいるというのに、高齢者の存在をテレビは忘れていた。

僕の悲願は今のテレビに、高齢者層をとり戻すことだった。

テレビはいつの頃からか、ひたすらヤング層をターゲットにし始め、らちもないお笑いや笑えないおふざけ、それを勝手に受けてギャアギャア笑い、手を叩く痴呆的ガキ層に占拠されてしまった。若者層自身がそこから離れて行き、ネットやスマホ等ITツールに走ってしまってテレビ離れの現象を起こしているのに、それに気づいてか気づかないでか、テレビは愚行の道をひたすら走った。殊に王者であった筈の民放四社の混乱と堕落には、目をそむけたくなるようなひどいものがあった。

かつては合格点の基準というものが視聴率20%。悪くてせいぜい15%だったのに、ゴールデンタイムの基準点が今や10%近くまで落ちたのである。僕にはこれが、今なおテレビの主たる視聴者層を若者であると思い込んでいるテレビ界の大きな勘ちがいにあると、思えてならなかった。

世は高齢化社会に突入している。

高齢者の生活時間帯は若者たちと大きくちがう。僕を含めて年寄りというものは、明るくなると目が覚めてしまう。五時から六時には大体起きている。

ゴールデンタイムが若者の為ならば、そうした年寄りを対象にしたシルバータイムというものがあって良いのではないか。

そういう意図の企画書を書き、まずフジテレビに提出したがいとも簡単に一蹴された。

そこでテレビ朝日の早河会長に持ち込んだ。早河氏は真摯に対応してくれ、企画書の意図を真面目に受けとって実現へのゴーサインを出してくれた。

これが昼の地上波と早朝のBS波のW放送という形をとった「やすらぎの郷」というドラマである。

この番組の企画については、前以て浅丘ルリ子と加賀まりこに相談した。彼女らの全面同意を得て、今忘れられかけ眠っている老優たちを結集しようと云うことになった。殆ど全員が一も二もなく賛同してくれた。

ゴーサインが出るやテレビ朝日の中込・服部両プロデューサーが物凄い勢いで動いてくれた。ルリ子、まりこは勿論のこと、有馬稲子、野際陽子、石坂浩二、ミッキー・カーチス、山本圭、八千草薫、風吹ジュン、五月みどりといった豪華キャストが、たちまちのうちに組み上がった。これだけの役者を集めたら大変なギャラになるだろうときいたら、ムニャムニャムニャとごまかされた。

テレビ界というのは凄い所である。

やすらぎの郷とは、テレビに功績のあった役者、スタッフのみが入れる全く無料の老人ホームである。

そいつはいいな、オレも入りたい！　とあるテレビ局の男が云ったから、「お前は入れない、テレビ局にいたから」「どうして！」「テレビの禄《ろく》を喰《は》んだものは今のテレビを悪くした元凶だから入れない。ダメ！」。ムッとした顔でそいつは黙った。

とにかくそういう夢のような施設である。

テレビで永年ボロ儲けし、巨額の財を築いた芸能界の黒幕が、一生賭けての罪滅ぼしにこういう奇特な施設を作った。それを作ったキッカケとして昔自分のプロダクションにいた大原麗子（のようなスター）の孤独死に対するショックがある。そして生涯の恋人である無声映画時代からの大スターの為にこういうホームを作ってしまった。

その大スターには八千草薫。

大原麗子（のようなスター）の声に、かつて麗子が評判をとったあのコマーシャルの名ゼリフ〝スコシ愛シテ。ナガーク愛シテ〟の麗子の声を、サントリーに頼んで使わせてもらった。

やすらぎの郷の大施設には、川奈ホテルとそのゴルフ場。そこにＣＧでコテージを建てた。

このドラマには下敷きがある。

かつて戦前評判になったフランス映画の名作、ジュリアン・デュヴィヴィエの傑作「旅路の果て」という名画である。南フランスの、かつてスター俳優だった者だけが入れる老人ホームの話だった。ヨーロッパには今も、音楽関係者だけが入れるそういう施設があるという話も聞いていた。

旬の間だけチヤホヤされて、ボロ屑のように捨てられて行く、何の保障もない日本のテレビ人。そういう人間を余りにも多く見て来た。テレビを喰いものにし、稼ぎの場としてめちゃくちゃにしてしまったその場しのぎの遊び人は入れない。真面目に一生をテレビに捧げた人間だけがそこに入れる。そういうコンセプトで物語を創った。

過去の栄光にしがみつくものがいる。

もう枯れ果てて死を待つものがいる。

昔の罪に悩むものがいる。

見果てぬ夢をまだ持つものがいる。

自分の周囲の記憶を辿るだけで物語の種はいくらでも出て来た。最初の全員の顔合わせの日までに全百二十九話の決定稿が全て完全に書き上がっていた。

「やすらぎの郷」を始めるにあたって、スタッフにとっても僕にとっても一つだけ大きな不安があった。

何しろ出演者が全員、トシである。

途中で死んだらどうしようという不安だった。死なないまでも倒れたらどうするか。僕にとって更に切実な不安は、自分が倒れたらどうなるか、ということだった。役者が倒れたらそれは何とかなる。しかし万一僕が倒れたら、後は一体どうなってしまうのか。プロデューサーたちは何よりそのことを、大きな不安として抱えていたにちがいない。それが証拠に僕が執筆中に脊柱管狭窄症で動けなくなり、札幌の病院で急遽手術をしたことがあったのだが、麻酔が醒めた時目の前にまず飛びこんだのは女房でなく二人のプロデューサーの必死な顔であり、大丈夫デスカ！　という緊迫した声だった。うなずくと彼らはその顔にゆっくり血の気を蘇らせた。

確信して云うがあの時の奴等の顔は、僕の生死を心配した顔ではなく、僕の原稿を心配した顔だった。

テレビの世界とはそういうものである。

最初にトラブルを起こしたのは石坂浩二だった。腰痛を悪化させ一カ月ばかりいきなり撮影をストップさせてしまったのである。秋にインして十一月。クランクイン早々の出来事である。

スッと暗雲がたれこめた。

こういう時テレビの人間は、おおむね医学より神仏を頼りにする。お祓いをしたり、怪し気な所にお詣りしたり。

だがその甲斐あってか年内には復帰した。全員ホッとして撮影は再開した。だがこの兵吉（石坂浩二）の倒れたことは、一部マスコミには早くも洩れていた。

ここで芸能マスコミについて一寸触れたい。芸能週刊誌、新聞、テレビ等は、我々の不幸を最も喜ぶ。表面心配・同情の態度をとるが、なに内心は全くちがう。病気・スキャンダル・不祥事エトセトラ。我々の仕事に問題が生じると彼らは張り切る。目がキラキラと輝いて人が変わったように元気になる。彼らはサバンナの禿鷹である。

〝やすらぎ〟のように、いつどんな事故が起こるか判らない高齢者ばかりのドラマとなると、不幸をわくわくと秘かに期待する怪しからぬやからが常に周囲に目を光らせていた。そんな中で一番元気に見えた野際陽子さんに異変が起きた。

野際陽子さんは僕より一つ年下。レギュラー出演者の中では一番高齢だった。五十年来の付き合いで、カナダに一緒にスキーに行ったり、とにかく元気で明るい人だった。

その野際さんから連絡が入り、どうも体調が良くないからジョギングシーンを勘弁してくれと云って来たのが兵吉の復活して間もなくの出来事。それからバタバタと体調が悪化し、降板させて欲しいと云って来た。

肺腺癌が彼女を冒していた。僕らはあわてて対策を練った。

当然のように死は訪れる。誰しもそれは避けられないことだし、八十を超えた僕らの齢になるとみんなどこかで覚悟はしている。只、もう退役した人間と、現役で仕事を続けている人間では置かれている事情がぐんと異なる。ましてや役者という、チームワークで働いている者には、周囲に対して迷惑がかかるということが、病状に加えて本人にのしかかる。

野際さんの気持ちを皆で考えた。

ドラマがどうなるかということよりも、彼女の気持ちに負担をかけず、闘病に専念させてあげることが一番大事だという結論に達した。事実途中で降板することを一番口惜しがっていたのは彼女だったのだ。

もう一日だけ出演できるか。

マネージャーを通してそのことを聞いた。

大丈夫。やる。と答えが返ってきた。

彼女の出番は勿論先の先までまだまだあり、その台本はとっくに出来ていた。それを一日の撮影量にするべく必死で考え、何とか短縮した。それは数シーンに及んだが、何とか一日弱の撮影量にまで縮めた。

その日野際さんはいつもと変わらぬ表情で現われ、ゴメンネとスタッフに謝りながら見事に最後まで演じ切った。

台詞は完璧に全て入っており、一回のNGも出さずに演じた。だから半日で撮影は終わった。彼女の演じるコイノサシミ（役名）は、見事にその役を全うしたのだ。

放送中の六月十三日。

彼女は人生の幕を下ろした。

「やすらぎの郷」はその九月末、八千草さん演じる〝姫〟こと九条摂子の死で幕を閉じた。

往年の役者たちを次々に出演させ、高齢層の視聴者を呼び戻そうという、我々の試みは一応実を結んだ。

シルバータイムは何とか成功した。

「やすらぎの郷」はテレビ界に、何とか一石を投じ得たらしい。

終了後テレビ朝日の早河会長に呼ばれ、今度は「やすらぎ」の続篇を一年連続でやれないかという話が来た。「郷」が半年の連続だったから今度はその倍の長さである。

さすがに今回はためらった。

八十三歳に僕はなっていたし、体力の衰えも当然感じていた。それに、浅丘ルリ子や加賀まりこと共に最大の戦力としていた八千草薫さん演じる九条摂子の役を、「郷」の最後で殺してしまっていた。こんなことなら生かしておくんだったと思ったがもう遅い。

一週間程の猶予をもらって僕は懸命に考えた。まずは自分の体力のことがあった。その頃永年の酷使が祟り、右手の五本指に激痛が走り、ペンを持つことが苦痛になっていた。東京に出る度に赤坂のクリニックで五本の指の関節に「秘伝のタレ」なる注射を打ってもらっていたのだが、それも効き目が二、三日しか持たなかった。それもあったし、いつ突然に襲って来るのか判らない自分の死期のこともあった。周囲の友人はどんどん死んで行き、自分ももうそろそろだと思っていたから信託銀行に依頼して正式な遺書も作ったし、富良野に新しい墓地も買った。弟分の名左官職人挾土秀平《はさどしゅうへい》が妙に張り切って、先生の墓はオレが創る、と二風谷《にぶたに》で石まで見つけて来ていた。

第一、一年分のストーリーが組めるのかという何にも勝る大課題があった。だが、破れかぶれの破れ星としては、どうやら既に心の奥底で、頼まれた仕事はやらねばならぬというかねてからの習慣が首をもたげていたらしい。クランクイン前に全てを書き上げるという悲願を立て、後になって人に迷惑かけることは絶対に避けようという覚悟を決めて構成作りにとりかかった。結果。石坂浩二演じるシナリオライター菊村栄が自らの人生をふり返って最後のシナリオとしてあの戦時中を書く。その菊村の脳内ドラマを劇中劇として練りこむという、二重構造の構成を考えた。

テレビ朝日に、やります、と返事し、多分もうこれが最後になるだろう決死の執筆にとりかかった。

書き出すと、指の痛さも忘れて筆は不思議なほど進んでくれた。

山梨の山村の貧しい戦時下の物語。清野菜名《せいのなな》をはじめとするフレッシュな若い俳優群が創作意欲をかき立ててくれ、それと交差するやすらぎの郷の終末を待つ者達の静かな生活。

何と！　自分でも驚いたことに、クランクインまでに全二百四十八話を全て書き上げてしまったのである！

一年分をクランクイン前に全部完全に書き上げてしまった！　これには僕自身が啞然とした。恐らく神様が降りてくれたのだろう。うずたかく積まれた台本を前に、ポカンとしている本読み室いっぱいの役者たち。彼らを前にして叫びたかった。

いいか！　ジジイをなめるなよ!!

かくして「やすらぎの郷」第二部「やすらぎの刻〜道」はクランクインした。

若い出演者が俄かに増えて、現場の雰囲気は明らかに変わっていた。これまで老人が殆どのドラマだったのに、戦時中を舞台にした脳内ドラマを入れた為に若い出演者がドッと増えたのだ。殆どをオーディションで採った為に若者たちは新人が多く、大先輩である老スターたちに最初は緊張してのぞんでいたようだが、スタッフたちの配慮もあって次第にベテランたちの現場を見学したり、徐々に交流が見られ始めた。これは結構大事なことだった。若者たちはベテランたちから学ぶ機会を与えられたのだ。

一方〝郷〟に住む老人ホームの面々。多少の入れ代わりは行われたが、浅丘ルリ子、加賀まりこ、石坂浩二、山本圭、ミッキー・カーチス、藤竜也といった面々は相変わらずホームにでんと住んでいた。

しかし我々スタッフの間では、今度は誰に何が起こるかと薄氷を踏む想いであったことは確かだ。

既に前回の放映終了後に、レギュラーではないがゲストで出てくれた津川雅彦、佐々木すみ江、織本順吉《おりもとじゅんきち》、三名の役者が、あちらの世界へと旅立っていた。

実はこの菊村栄（石坂浩二）の書く脳内ドラマに一つの仕掛けを僕は企んでいた。それはしの（清野菜名）と公平（風間俊介《かざましゅんすけ》）の若いカップルの老後の時代に、別の老優を予定しており、しのはもう一度八千草薫さんに、公平は新しく郷の住人となった橋爪功を当てようと考えていた。このキャスティングは最初から決まって、公平、しのの老後のポスターを、橋爪、八千草で既に撮っていた。

撮影は十月から始まっていたのだが、あれはたしか一月の初旬だったと思う。八千草さんに急に呼び出され、国際放映の喫茶室で逢った。いつもの笑顔で静かに云われた。

「どうも私、癌にかかっちゃったらしいのネ」

スーッと血の気が引いて行くのが判った。

しばらく黙って八千《やち》さんを見ていた。

八千草薫さんに自身の口から直接癌のことを告白されて、僕の頭を走り抜けた衝撃は、台本をどうしようとか撮影はどうなるとか、そういう次元のものではなかった。

八千草さんとはご主人の谷口千吉さんが亡くなる前から、いやもっと前八千さんのお母さんが生きていらっしゃる頃から、家族ぐるみのお付き合いだった。いわば姉のような近い存在であり、僕が富良野に移住を考えて、初めて土地を買った時にも最初は二対一で金を出し合い共有の土地にしたものだった。その後役者には遠すぎるということで、八ヶ岳に土地を買いそっちに山小屋を建ててしまわれたが。

多分これまでの僕のドラマに一番多く出演して下すったのが八千草さんではなかったかと思う。だから、病気のことを告白された僕の衝撃は、仕事がどうのという打算的なものではなく、どうしたら彼女は助かるかどうしたらいいのか、今僕が彼女にしてやれることは何かという、全く身内的な感覚だった。

八千さんは多分八十八歳だったと思う。全く動揺せず毅然としていた。静かに淡々と運命を受け入れる。歳相応の静謐を保っていつものようにやさしく微笑んでいた。

痛いんですか？　と尋ねたら、それが今は全然痛くありませんの、と云った。

事務所を通して降板したいという急報がプロデューサーにも届いていたから、とにかく急遽対策を練った。

台本は最後まで出来ていたし、後半は殆ど出ずっぱりだったから、この改稿は大事《おおごと》だった。老後のしの役は八千草さんから急遽菊村（石坂）の死んだ妻役の風吹ジュンへと移し変えることにし、ジュンに事情を打ち明け、諒承してもらった。それから机に向かい、この大改稿にとりかかった。

八千草さんにはひんぱんに見舞いの電話をかけた。病状の進行は予想外におそく、これなら私、もう少しやれたわと、仕事への未練を洩らすこともあった。

そこで新しい発想を起こし、前作で死んだ姫コト九条摂子の亡霊として出てみませんかとたずねたら、出たいわ！　と即答が返って来、明るい亡霊の出現するシーンを四シーン程書き足した。

その原稿をもって自宅を訪ねたら、いつもの庭の見えるソファですぐに読み、うれしいわ！　ありがとう！　と楽しそうだった。

庭にいつもの雀の群が来ていた。

八千草薫さんの最後の収録は国際放映のスタジオで行われた。

短い撮影だったが、台詞は勿論完璧に入っていた。

噂を聞きつけた何人かの俳優がスタジオの隅からそっと見ており、その中には風吹ジュン、清野菜名らの姿もあった。

むしろ明るい、コミカルといってもいいシーンだったのだが、その日のスタジオには何か厳粛な、荘厳といっても良い空気が流れていた。

調整室からそれを見ながら、僕の頭には能の世界で云う「入舞《いりまい》」という言葉が何故か浮かんでいた。

「入舞」又は「入綾《いりあや》」ともいう。

能などの舞楽で舞終了後の退出作法を云う言葉である。

宝塚から出てその一生を真剣に芸道と向き合って来た一人の女優の最後の演技だった。

「私ね、腹の立つことがあると、何だか急に眠くなって、そのままウトウト寝てしまいますの」

八千草さんがいつか僕に云った、可愛い言葉が蘇った。

その秋、十月二十四日。八千草さんは息を引きとった。享年八十八。

ついでに云うなら、この「やすらぎの刻～道」の制作放映中に、旅立たれた出演者は判っているだけでも四人いる。八千草さんがその一人だが、他に山谷《やまや》初男《はつお》、二〇一九年十月三十一日没、享年八十五。梅宮辰夫、一九年十二月十二日没、享年八十一。中村龍史、二〇年一月二十二日没、享年六十八。

更に放送終了後には、藤木孝、二〇年九月二十日没、享年八十。小松政夫、二〇年十二月七日没、享年七十八。ジェリー藤尾、二一年八月十四日没、享年八十一。宝田明、二二年三月十四日没、享年八十七。山本圭、二二年三月三十一日没、享年八十一。

多分、他にももっとおられるだろう。

これらの方々が実際の話、何十年に及ぶテレビの歴史を支えてきたのだ。

この死亡者名簿をテレビ朝日の中込プロデューサーに頼んで送ってもらったら、扉に「戦没者名簿」と記されていてドキンとした。

まさに彼らはテレビの世界で、戦って死んだ戦没者であろう。

その戦った者にテレビ界は、代理店は、スポンサーは、そして視聴者はせめて多少とも報いてやることができたのだろうか。やすらぎの郷のような施設を誰も考えてやれないのだろうか。

さて、僕が半生を費やして書いた「北の国から」は「'02遺言」を以って打ち切られることになってしまった。そこには様々な事情があったろう。

前にも書いたように多くの出演者が死んでしまったし、スタッフたちもバラバラになった。だが、しかし。

富良野には今以て、黒板一家に逢う為に沢山の人々が訪れてくる。そういう人々が僕にたずねる。「北の国から」はもう終わりなンですか。もう続篇はないンですか。

ありがたいことだとつくづく思う。

富良野に住んでいる僕にとっては「北の国から」は決して終わっていなかった。町のスーパーで買い物している時、ふと棚ごしに何かを探している黒板五郎の幻影を見かけることがあるし、麓郷の農地で捨てられた人参をこっそり拾っていてサッとかくれる、五郎の背中を見ることもあった。

一家は僕の中で歴然と生きている。ライフワークとはそういうものだった。

彼らのその後の生活を僕はひそかにノートに書きつけ、一部を雑誌に公表したこともあった。

一一年の東日本大震災の後、津波に流されて行方を絶った螢の夫正吉の物語。

男を作った結に逃げられて一人になってしまう哀れな純の話。この時五郎は純の肩を叩き、女房に逃げられるのはウチの家系だ、とケタケタ笑って慰める。

その純はコロナの流行によって、毎日病院から大量に出る医療廃棄物の収集の為、札幌に出稼ぎで働いているが、そこでバッタリ居酒屋で働く小沼シュウ（宮沢りえ）と再会し、焼けボックイに火がともる。シュウもまた結婚に失敗し、北海道に帰っていたのである。

螢は福島いわきの病院で、これまたコロナの狂躁の中で、アパートにも帰れない日々を過ごしている。二人共父を気にしてはいるが、麓郷にずっと帰れないでいる。

そんな日々の中、二〇二一年三月二十四日。

田中邦衛が天に召された。僕の脳の中の黒板五郎は、この日突然消滅してしまった。

何とも云えないあの日の喪失感を、文字に起こすことはとても無理である。

邦さんという戦友と黒板五郎は殆ど同一の人物であり、僕にとっての分身だった。それがこの世から消えてしまった。

森の闇の中で、僕は一人になった。

「北の国から」は「'02遺言」で終わったが黒板五郎はあそこでは生きていた。僕は何としても五郎の死までを完全に書き切って幕を閉じたかった。

五郎は一個の自然児である。彼は己の死というものを自然に還ることだと考えている。

自分の死体を山に還し、その肉を野性の獣たちが喰い、骨を細菌が喰いつくして白骨まで全てが自然に還った時、それが初めて自分の死である。彼は一途にそう思っている。だから自分の死期を悟った時、子供たちにも云わず只一人、十勝の奥山に消えてゆく。そんなラストを書こうと思っていた。

邦さんが死んだ時吉岡秀隆（純）と話し、自費でも良いからそんなドラマの最終回を作って邦さんの霊に捧げようと誓った。

しかしどうしてもそのドラマには、「北の国から」のこれまでの映像を使用することが不可欠だった。それを前提にして第七稿まで練った。だがフジテレビに映像の貸し出しを拒否されてしまった。理由はここまで完結したものを汚したくないからということだった。

汚したくない――。

汚すか汚さないか。それは次が出来てみなければ判らない。

本当に汚すかもしれないが、これ以上のものが生まれるかもしれない。そのリスクを背負って新しいものに挑戦することが、創るということの意義ではないか。

テレビは「創る」という本来の冒険心をもはや完全に喪失していた。只哀しくて情けなかった。

二〇二一年十月九日。ファン達の想いを結集して、「追悼　田中邦衛さん　北の国から40周年記念トークショー」を富良野演劇工場で開催した。押しかけた客が多すぎて、文化会館も開放してもらい、二元中継で会場をつないだ。さだまさしも蛍も来てくれた。

実現しなかった幻の作品「北の国から　ひとり」の物語を、僕が口頭でしゃべって伝えた。

「電気がないッ!?　電気がなかったら暮らせませんよッ！」

「そんなことないですよ」

「夜になったらどうするの！」

「夜になったら眠るンです」

このドラマはそもそも豊饒の日本に疑問を呈するこの会話から始まった。

会の最後に会場の照明を全部消してもらい、来場者たちにスマホの灯をともしてもらった。会場はまるで蛍火のような光の渦に覆われた。

「三十歳以下の方、消して下さい」

「四十歳以下の方、消して下さい」

「五十歳以下の方、消して下さい」

スマホの光はどんどん消えて行き、遂には数カ所の灯だけが残った。

「これが一九六〇年代の北海道の明るさです」

客席はしんと静まり返っていた。

テレビはここに戻るべきなのだ。暗がりの中で僕はそう思った。邦さんがニヤリと笑った気がした。

本書は「サンケイスポーツ」（二〇二二年七月三日〜二〇二三年二月二十一日）に
連載されたものに加筆修正しました。

倉本 聰

一九三五年東京生まれ。脚本家・劇作家・演出家。東京大学文学部美学科卒業。一九五九年ニッポン放送入社。一九六三年退社後、シナリオ作家として独立。一九七七年北海道・富良野に移住。一九八四年「富良野塾」を開設。主な作品に『文吾捕物絵図』『赤ひげ』『前略おふくろ様』『北の国から』『駅 STATION』『昨日、悲別で』『風のガーデン』『やすらぎの郷』ほか。

破れ星、燃えた

二〇二三年八月二十五日　第一刷発行

著者　倉本 聰
発行人　見城 徹
編集人　菊地朱雅子
発行所　株式会社 幻冬舎
〒一五一－〇〇五一
東京都渋谷区千駄ヶ谷四－九－七
電話　〇三－五四一一－六二一一［編集］
〇三－五四一一－六二二二［営業］

印刷・製本所　中央精版印刷株式会社

ISBN978-4-344-04151-6 C0095